STORMSVALANS DÖD

STORMSVALANS DÖD

Ulla Linton

© 2021 Ulla Linton
Omslagsfoto: Tomas Utsi, Naturfoto AB
Grafiskt form: Kenneth M Linton
Typsnitt: Minion Pro 11/15˙
Förlag: BoD – Books on Demand, Stockholm, Sverige
Tryck: BoD – Books on Demand, Norderstedt, Tyskland
ISBN: 978-91-7969-249-0

1

Alice slog numret en gång till. Samma telefonsvar. Inget nytt sms.

Hon satte sig ner med mobilen i handen. Hon hade inte pratat med Sofie sen i lördags, men då hade de hade pratat i över en timme. På slutet hade de hade kommit överens om att Sofie skulle höra av sig idag på eftermiddagen, när hon började närma sig. Och nu var klockan snart sex. Inte ett ljud, inte ett livstecken. Visst kunde det vara knepigt med mottagningen ute på havet, men inte så här stendött. Alice hade ringt och ringt, massor av gånger, utan att få något svar. Sofie var en erkänt skicklig seglare, van vid att segla ensam och van vid sina föräldrars båt. Vädret var fint, lite svalt för att vara i början av juni, men vindarna var jämna och fina, sju sekundmeter enligt både SMHI och andra väderappar. Och sydostlig vind, det borde inte vara några problem. I det längsta hade hon försökt intala sig att det bara var Sofies telefon som hade slut på batteri men nu började hon bli orolig på allvar.

– Hej, här är jag!

Det var Johanna, äntligen. Alice kände sig bättre till mods så fort hon såg henne. Stor och stadig och med sitt röda hårburr i en ny ilsken nyans. Johanna var bra på att ta saker för vad de egentligen var, hon brukade inte vara den som hetsade upp sig i onödan. Men nu verkade hon minst lika orolig som Alice. Det märktes att hon hade sprungit, hon stod dubbelvikt och flåsade så häftigt att det gjorde ont i Alice.

De hade redan pratat med varandra flera gånger i telefon så Johanna visste precis hur det låg till. Egentligen skulle de redan ha suttit här tillsammans med David för att planera allt inför återträffen de skulle ha i det gamla badhotellet på fredag. Tioårsjubileum. Tio år sen de tog studenten. Nästan alla deras gamla klasskamrater skulle komma. De hade gått i gymnasiet inne i stan, men många hade vuxit upp här ute på Svartskär och kom fortfarande hit på somrarna. Det var bara Alice, Johanna och David som av olika skäl hade valt att bo kvar på ön året runt. Och nu skulle de ta ansvar för jubileumskalaset, tillsammans med Sofie.

När Johanna väl hade hämtat andan kastade hon sig över Alice och kramade henne, hårt, utan ett ord. Alice fick tårar i ögonen men behärskade sig. Hon ville inte bryta ihop, hon ville kunna tänka klart.

– David kommer snart, sa Johanna. Han stod utanför sitt hus, men hade just kommit hem och skulle väl bara byta om. Han hade i alla fall inte hört någonting, han heller.

– Jag har försökt få tag på Sofies föräldrar, ingen av dem svarar. Men jag har bett att de ska ringa mig så fort de kan. Vi får väl …

– Kristina ringde alldeles nyss, avbröt Johanna. Hon hade pratat med Sofie så sent som i förmiddags och då verkade allt toppen, molnfri himmel och perfekt vind.

Kristina hade också berättat att Simon, bara för nöjes skull, hade följt med Sofie när hon seglade upp båten i söndags till den där privatbryggan på Tjörn där hon ofta brukade stanna till. Kristina hade själv hämtat Simon där och träffat Sofie som hastigast. Då hade Sofie varit på ett strålande humör.

– Men vi får höra mer sen, fortsatte Johanna. Både Kristina och Simon kommer i alla fall hit redan på torsdag kväll, de ville vara med och bära bord och sådant.

– Så bra, då blir vi några stycken. Erik kommer också i övermorgon. Vi försöker väl handla allt då, det blir nog enklast. Men vad gör vi nu? Vi kan ju inte bara sitta och vänta.

Snabba steg hördes i trappan upp till huset och i nästa sekund slet David upp dörren och klev in i köket. Den vanligtvis så coola David såg också uppjagad ut med något vilt i blicken. Han tittade från den ena till den andra.

– Ni har inte hört något?

De skakade på huvudet. Ingenting.

– Ska vi inte åka ut och se om vi kan få syn på henne? föreslog Alice.

– I så fall tar vi min båt, den är snabbare än din, sa David.

– Visst, men ska vi inte ringa någon mer först? Någon av de andra? Sjöräddningen? Polisen?

– Jo, men hon skulle ju faktiskt inte komma förrän i kväll. Hur dags sa hon? undrade David som absolut inte ville att de skulle larma i onödan.

– Hon trodde att hon skulle vara här vid sjutiden. Av någon anledning skulle hon ligga kvar vid den där bryggan på Tjörn hela måndagen och ge sig av idag på morgonen. Jag sa att ni också skulle vara här och att vi äter middag ihop alla fyra, när hon än kommer. Jag har gjort en lasagne som bara är att värma.

Sofie hade också nämnt att hon tänkte göra ett stopp någonstans för att äta lunch i lugn och ro, mindes Alice. Antagligen i någon naturhamn när hon kommit lite längre norrut. Det kunde ju ha dragit ut på tiden.

– Men ska vi inte bara ringa sjöräddningen och fråga om någon kan ha sett henne? Utan att sätta igång ett stort pådrag? föreslog Johanna.

De såg på varandra, lika osäkra alla tre.

– Bättre än att inte göra något alls, sa Alice. Vi ringer och så tar vi en sväng själva också.

– Okej då, sa David. Men säg bara precis som det är, ingen panik än så länge. Ni kan ju ringa, så går jag ner och gör klart i båten.

De hade pratat både med polisen och sjöräddningen. Berättat att de var oroliga och vad de visste om båten. En vit Najad, 36 fot. Namnet Lazuli fanns på akterspegeln. De fick rådet att ringa 112 så fort de hade varit ute med Davids båt, om de inte hade fått några lugnande besked. Så ofta som Sofie brukade glömma sin laddare var det faktiskt inte omöjligt att det var det som var problemet. Säkert den troligaste förklaringen till att hon inte hört av sig. I bästa fall skulle de upptäcka Lazuli så fort de kom ut ur hamnen och runt udden.

Det hade blåst upp lite. Men kvällssolen var på väg ner mot ett glittrande hav.

Davids öppna aluminiumbåt tog sig lätt genom vågorna trots motvinden. Tio sekundmeter, noterade David. Det var inte många båtar ute, det var ju fortfarande mer än en vecka kvar till midsommar och de som var ute hade väl redan gått in någonstans för natten. Ett ensamt segel och ett lastfartyg långt ute vid horisonten. Några små motorbåtar, en fiskebåt och två segelbåtar på väg norrut. Rätt storlek, båda segelbåtarna skulle kunna vara Lazuli.

David gav full gas och satte kurs rätt ner i farleden. Tjugo knop. David såg sammanbiten ut, så djupt koncentrerad på körningen att Alice förstod att han var minst lika orolig som hon. Båten dunkade och stampade mot vågorna, stötarna vibrerade i hela kroppen.

– Den är vit! Den första ser ut som Lazuli! skrek Alice över motorbullret.

– Vad står det i seglet?

– Jag ser inte, hit med kikaren!

Det var omöjligt att hålla kikaren i rätt läge så mycket som båten stampade i motvinden. Men efter en stund kunde Johanna se ett stort A i seglet.

– Fan, då är det inte hon. Vi kollar nästa!

Den andra båten närmade sig snabbt men hade inte längre några likheter med Lazuli. De fortsatte söderut genom Kyrkesund, men utanför Skärhamn gav de upp och vände norrut. Alice kollade sin mobil. Ett nytt sms. Det var från Sofies pappa.

Vi är i Sydafrika. Var det nåt särskilt?

Alice bestämde sig för att ringa tillbaka så fort hon kommit hem och kunde prata i lugn och ro. Hon måste ju berätta. Utan att skrämma upp dem i onödan. Hur det nu skulle gå till.

De var fortfarande frusna när de satte sig runt Alices köksbord igen. De hade ringt 112. Nu var klockan snart åtta och inte ett spår av vare sig Sofie eller Lazuli. Ett sjöräddningslarm med detaljerade uppgifter om båttypen hade gått ut till alla båtar med VHF-radio. Alice hade ringt Bertil, Sofies pappa som förstås blivit både orolig och förtvivlad. Först hade han knappt förstått vad hon sa, men hon hade lovat att ringa snart igen. Även om det inte kom fram något nytt.

Alice tog ut lasagnen ur ugnen och ställde, efter ett ögonblicks tvekan, en box med rött vin på bordet.

– Alice, jag måste berätta att ditt bildreportage i söndagsbilagan, *Världen under vattnet,* var det stora samtalsämnet i vårt fikarum idag. Alla var skitimponerade. Och du är så jäkla bra på att fånga ljuset som tränger ner under ytan …

Å David, tänkte Alice. Det är bara du som kan vara så erkännsam i ögonblick som detta. Och säga saker som gör så gott, mitt i alltihop. Så typiskt dig.

– Men vad är det mer vi kan göra nu?

Det var Johanna som ställde frågan. Hon suckade och såg uppfordrande på Alice och David. De satt tysta alla tre medan de tänkte efter. Vinden hade ökat därute. Det knakade lite i väggarna på glasverandan och från murstocken hördes ett tjutande ljud som växte sig starkt i vindbyarna.

– Det verkar i alla fall som både sjöräddningen och polisen tar det på allvar, konstaterade Alice. De skulle ju ha någon form av spaning utmed hela kusten. Från Göteborgs norra skärgård och ända upp till Smögen. Dessutom har de särskilt vänt sig till alla båtar som befinner sig i området mellan Marstrand och Käringön och bett dem rapportera in allt som skulle kunna ha samband med den försvunna båten.

– Vad det nu kan ge, mumlade David. Det är ju knappt några båtar ute, det såg du ju själv.

– Måste du vara så himla neggig, muttrade Johanna. Nu gäller det ju att se vad man kan göra. Inte ge upp.

Alice hade lagt ifrån sig mobilen på bordet men kunde inte låta bli att kolla den hela tiden. Klockan var lite över nio. De gjorde några tappra försök att återuppta planeringen inför festen på fredag, men det var omöjligt att koncentrera sig på något annat än Sofie. Alice ringde Kristina igen men hon hade inte heller hört något mer.

Johanna satt och kollade om Sofie hade lämnat några spår under dagen på nätet. Ingenting på Facebook. Ingenting på Instagram. Men på Whatsapp, i gruppen för alla som skulle komma på återträffen, där hade Sofie lagt ut en bild så sent som 12:03! Blått hav och fyllda segel, en riktig semesterbild. Flera glada kommentarer från gamla klasskompisar. Ses snart! Å så härligt det ser ut! God tur!

Ingen av dem ville gå och lägga sig. Alice pratade länge med Malou, Sofies mamma, som skulle försöka boka om sin och Bertils returresa om det inte kom fram något nytt och lugnande.

Alla tre tog en promenad ner till hamnen tillsammans och gick länge omkring på bryggorna, som om de bara väntade på att få se Lazuli komma och lägga till.

– Hur ska vi göra med alla som är på väg hit? frågade David när de satt uppe hos Alice igen. Just nu är det inte läge för någon fest precis.

– Klart att vi inte kan ha någon fest, det är bara att ställa in, tyckte Johanna.

– Men vi vet ju ingenting än. Vi kan ju inte bara ge upp hoppet, invände Alice. Kan vi inte bara skriva och berätta hur det är? Så får folk lite betänketid och kan bestämma själva hur de vill göra.

– Du är klok du, Alice, sa David som själv såg allt dystrare ut. Men vi kan väl vänta tills i morgon bitti?

– Okej, vi bestämmer oss i morgon, fastslog Johanna. Och så hoppas vi att det här bara var en mardröm som vi kan ruska av oss när vi vaknar. Sofie kommer att skratta ut oss, när hon får veta hur oroliga vi har varit.

2

Alice hörde som på avstånd att det ringde. Flera signaler gick fram innan hon vaknade till. Johanna och David hade inte gått hem förrän vid tretiden på natten, och sen hade hon legat länge utan att kunna somna. Bilder av Sofie hade flimrat förbi bakom hennes slutna ögonlock. Sofie till rors i hårt väder. En simmande, dödstrött Sofie mitt ute på havet. Sofie, ute på udden i torsdags, strålande med sitt långa ljusa hår utsläppt över axlarna. Det var då hon hade berättat att hon var gravid. I tredje månaden. Och Alice hade fått lova dyrt och heligt att inte berätta det för någon.

Hon tog mobilen utan att se vem det var som ringde. Det var från polisen.

– Vi har hittat båten. Vi kommer ut till er så får vi prata lite.

Alice flög upp ur sängen, valde bort de färgfläckiga blåbyxorna hon hade haft igår och letade fram ett par jeans. Hjärtat bankade allt snabbare i bröstet och hon var torr i munnen. Hon anade det värsta. Inget obesvarat samtal under natten. Inget sms, Ingenting.

– Vill ni ha kaffe?

Den enkla frågan kändes absurd när allting var så skrämmande.

Det var två poliser från stan, en man och en kvinna, som snabbt hade kört ut till ön och nu satt bänkade vid Alices stora köksbord tillsammans med Johanna och David.

Alice tog fram fem koppar, nöjd med att ha ringt efter både David och Johanna. Hon ville inte vara ensam vid det här viktiga samtalet. Kanske någon av vännerna hade en liten pusselbit som skulle visa sig värdefull.

Man hade alltså hittat båten, men polisen hade ännu inte sagt något om Sofie.

– Tack för att vi fick komma hit, började den kvinnliga polisen, Fanny Berndtson som själv hade sommarstuga på Svartskär. Som ni väl vet allihop så har vi hittat båten. En grabb som var ute och dörjde makrill fick syn på den i ett smalt sund mellan två små holmar utanför Långsund på sydvästra Tjörn, en bit ovanför Klädesholmen. Tyvärr måste jag berätta att det inte fanns någon ombord. Den låg och högg vid en klippa med seglen hissade "på halv stång", som han sa. Den var alltså inte förtöjd utan verkar snarare ha drivit in i sundet och fastnat där på grunt vatten. Obemannad.

Ordet kom som ett klubbslag. Alice kvävde en snyftning. Hon såg på Johanna och David, de försökte också bita ihop.

– Vi ska inte dra förhastade slutsatser, sa Fanny. Ni anar inte hur många mer eller mindre naturliga förklaringar det kan finnas till konstiga försvinnanden och att folk inte hör av sig. Men vi tar förstås det här på stort allvar och vill veta allt som kan göra det möjligt att också hitta Sofie Dorsén. I tid, om hon finns någonstans och behöver hjälp. Men först måste vi klara av formaliteterna, vi ser det här som en polisanmälan om en försvunnen person och gör en efterlysning. Har ni något foto på Sofie?

Alice gick igenom de bilder hon hade tagit på Sofie i förra veckan. Hon valde den där hon stod barhuvad i sitt seglarställ och log in i kameran. Alice skickade den direkt till Fanny som blev nöjd. De fick hjälpas åt med signalementet: 159 centimeter lång, långt blont hår som kan vara uppsatt i hästsvans, bruna ögon, smal kroppsbyggnad, möjligen klädd i röd jacka och röda långbyxor, troligen flytväst.

Sen fick Alice redogöra för det hon visste om Sofies planer. Att hon antagligen hade seglat från bryggan på Tjörn igår förmiddag och hade räknat med att vara framme vid sjutiden. Erfaren seglare. Alltid flytväst till sjöss.

– Hörde hon av sig under dagen? frågade Robert, den andra polisen.

– Nja, en av våra vänner pratade med henne på förmiddagen och då verkade allt okej. Jag började egentligen inte undra förrän framåt kvällen, hon hade sagt att hon skulle höra av sig när hon började närma sig.

– Och hon lade ut en bild på Whatsapp vid tolvtiden, sa Johanna.

– Har ni haft kontakt med hennes anhöriga? frågade Fanny. Vi har inte lyckats nå hennes föräldrar trots flera försök.

– De sitter nog på ett flyg någonstans, på väg hem från Sydafrika. Jag pratade med dem flera gånger igår.

Poliserna ville veta lite om festen, hur många som skulle komma, om det fanns några stora frågor som skulle avhandlas, om Sofie kunde ha haft med sig någon i båten. De frågade också om Sofie, om hon var vid gott mod, om hon kunde ha haft några problem, om hon någonsin hade visat tecken på depression eller liknande.

Alice valde att inte säga något om det förtroende som Sofie hade gett henne. Hon ville inte svika det. I alla fall inte nu. Ingen annan hade med det att göra. Nu gällde det bara att hitta henne.

De övergick till mer formella frågor. Födelsedatum kunde Alice, men de fyra sista siffrorna var som bortblåsta. Adressen i Göteborg, telefon, kontaktuppgifter till föräldrarna, namnet på skolan där hon arbetade som lärare i matematik och naturkunskap.

– Hon hade just slutat jobba för terminen och var väldigt nöjd med att få börja sin semester med att segla hit.

– Hur mycket var hon här ute på ön?

Robert lät blicken svepa över dem alla tre.

– Hon är ju härifrån och kommer ofta hit och hälsar på, svarade Alice. Ibland bor hon här hos mig, och ibland hos föräldrarna som har kvar sitt hus här som sommarställe. Men oftast ombord i båten.

– Har hon andra nära vänner här?

Frågorna lät oskyldiga och praktiska, men samtidigt otäcka. Som fyllda med misstankar.

– Nja, hon känner ju många. Familjen som har affären nere i hamnen, och vår gamla lärarinna Mary Matsson. De är riktiga vänner, Mary och Sofie, trots åldersskillnaden. Lärare båda två. Även om Mary gick i pension när de lade ner hela högstadiet här för flera år sen, började Johanna.

– Sofie sitter ofta på pizzerian också, hon känner dem som jobbar där väl, fortsatte David. Och killarna på bilverkstan brukar fixa hennes gamla …

– Alla gillar henne i alla fall, avbröt Alice. Hon är väldigt omtyckt, folk på ön blir alltid glada när hon dyker upp.

– Dyker upp?

– Ja, det händer att hon bestämmer sig för att åka hit utan att säga något i förväg. Att hon kommer lite oväntat, som en glad överraskning.

De båda poliserna tackade för sig och lovade hålla dem informerade. Fanny Berntson hade antecknat hela tiden. Alice såg att de tog polisbilen och körde ner mot hamnen, där affären och pizzerian låg, inte tillbaka mot bron till fastlandet. De skulle tydligen bli kvar på ön en stund. Alice undrade om de skulle förhöra fler öbor men hade inte velat fråga.

David hade fått bråttom till sitt jobb på en nystartad byggfirma inne i stan, men Johanna bestämde sig för att ta ledigt hela dagen. Hon ringde återbud till alla kunder och satte upp en skylt på dörren till sin frisersalong: Idag stängt. Samtidigt ringde Alice till sin uppdragsgivare och lyckades skjuta på sin deadline till dagen före midsommarafton. Hon skulle leverera ett stort bildreportage till en resetidning om att paddla i Bohuslän, ett roligt jobb men det fick vänta.

Först av allt måste de ge något slags besked till klasskamraterna. Några skulle ju komma redan i morgon.

– Vi skriver till hela gruppen och säger bara det vi vet. De har rätt att få veta, började Alice.

– Men menar du att vi ska ha festen i vilket fall som helst?

– Jag vet inte, men folk kan väl få göra som de vill. Jag vill i alla fall fortsätta hoppas. Och att vi samlas kan väl inte vara fel.

Det blev en lång redogörelse för allt som hänt, men också för den oro och den osäkerhet de kände. När de skulle avsluta meddelandet tog det tid att hitta de rätta orden. Till slut enades de om att vara tydliga med att folk verkligen var välkomna: ”Ni ska göra precis som ni känner. Kom, om ni vill, trots allt. Vi kan bara fortsätta hoppas. Ni är varmt välkomna!”

Efteråt ville båda två bara gå ut, ut till utsidan av ön, till havet. De tog den vanliga stigen och kom snabbt ut till rullstensstranden som var omgiven av släta rosaröda klippor. Havet låg lugnt igen, dyningarna rullade mjukt in mot hällarna. De gick ganska tysta, tänkte säkert på Sofie båda två. Vad kunde ha hänt? Levde hon?

– Jag börjar faktiskt bli rätt säker på att hon helt enkelt har ramlat överbord, sa Johanna plötsligt.

Alice svarade inte.

– Tror inte du det? Egentligen?

Alice skakade långsamt på huvudet medan hon tänkte.

– Nja, jag har förstås funderat mycket på det, sa Alice till slut, men det verkar så otroligt, i det fina vädret. Hon var så extremt noga med sjösäkerheten, särskilt när hon var ensam i båten. Hon kopplade sig alltid med säkerhetslina om det var hårda vindar. Dessutom är hon kanske den enda jag känner som revar i god tid, innan det börjar blåsa för mycket. Men det är klart att det kan hända vem som helst i vissa lägen.

– Hon kan väl ha fått bommen i huvudet? Det kan ju bli en jävla smäll?

– Absolut. Men hon måste ha haft vinden in snett akterifrån nästan hela vägen. Inte så mycket läns, där risken för att få bommen i huvudet är mycket större. Men …

Johanna suckade.

– Ibland blir jag så trött på er, Alice … att ni jämt ska vara så jävla duktiga, ni som seglar och kör båt. Som om man var en dålig människa om man inte är en bra sjöman. Och nu utgår ni ifrån att Sofie inte kan ha gjort ett enda litet misstag! Ni vågar inte ens tänka tanken!

– Det var inte så jag menade …

– Nej men jag märker ju det där hela tiden. Du hör ju till dem som kan allt sådant. Hoppar ner i båten, fäller ner en blytung snurra och kör som en som aldrig har gjort annat. Medan jag alltid dimper ner på toften i mitten och blir sittande där, precis som min mamma alltid blev. Och det är likadant när Max någon gång är hemma. Då är det alltid han som kör.

– Men är det inte så du vill ha det?

Johanna såg riktigt upprörd ut. Alice hade aldrig förr hört henne beklaga sig över den roll hon hade fått. Eller tagit på sig. Det var som om hennes vanliga lugn började rämna.

– I och för sig. Men jag börjar väl få nog av den där attityden. Att man inte räknas om man inte är en jävel på att köra båt.

– Men du räknas, Johanna. Du betyder jättemycket för mig. Vad du än gör. Du … du och Sofie är ju faktiskt mina allra närmaste, det har ni varit ända sen mamma och pappa dog.

– Ja förlåt, jag vet, det var dumt av mig att dra upp det här nu. Nu har vi viktigare saker att tänka på.

De satt tysta en stund. Alice undrade om hon skulle säga något mer uppskattande till Johanna, som du är ju så bra på det du gör, alla behöver väl inte vara bra på allt – men avstod av skäl hon inte riktigt kunde redogöra för. Kanske var Johanna helt enkelt bara uppriven, ingen var sig ju riktig lik.

– Hur som helst är Sofie förbannat seg när det gäller, sa Johanna som blev den som bröt tystnaden. Och dessutom är hon en otroligt bra simmare. Minns du när vi skulle simma ikapp när vi gick i högstadiet ...?

Alice såg ut över vattnet. Tittade på ejdrarna som guppade en bit ut, en åda och fem pyttesmå ungar. Några färgglada flöten, där någon väl hoppades få krabba eller kanske havskräftor. Hon rös till. Hon visste vad hon för sitt liv inte ville få syn på och såg bort mot farleden åt söder. Och kunde inte låta bli att föreställa sig Sofie komma simmande med kurs på Svartskär. Hon log åt tanken samtidigt som hon pressade ihop läpparna för att inte börja storgråta.

3

Alice vaknade tidigt. Det var en solig morgon, hon kunde äta frukost ute på altanen mot öster. Hon tog med sig papper och penna för att göra en handlingslista till festen, det var hög tid men hittills hade de inte ens hunnit tänka på det. Det var bara tre som hade lämnat återbud, de flesta ville komma, trots allt. De skulle bli arton personer på kalaset och alla skulle stanna över natt. Arton med Sofie.

Och David hade skickat ett meddelande nu på morgonen: han hade bestämt sig för att göra parmesankex till drinken. De hade varit helt överens om att inte överarbeta kalaset, men han hade ändå inte kunnat låta bli. *OK*, skrev Alice tillbaka. *Du är för snäll, David!*

Några få segelbåtar syntes i farleden. En silltrut glidflög från klippavsatsen ner mot sjöbodarna. Tanken på Sofie och vad som kunde ha hänt henne fanns där hela tiden, rädslan satt som tyngd över bröstet, gråten låg som en propp i halsen. Inga nya besked från polisen. Sofies föräldrar hade bokat om sitt flyg, de skulle vara hemma igen i morgon kväll.

– God morgon, Alice! Kan jag komma upp?

Det var Yngve, öns enda yrkesfiskare, som kom förbi. Han hade hört efterlysningen på VHF:en redan igår och sett en notis i tidningen om en kvinna som saknades efter att ha gett sig ut i båt.

– Kom upp du, jag hade ändå tänkt gå och prata med dig.

– Visst är det hon? Sofie?

Alice nickade.

– Kan jag göra något? Jag var ju ute igår och hörde på radion att de letade efter båten så jag tog en extra sväng söderut, utan att se något. Som jag förstod det har de hittat båten nu. Men inte henne?

Alice skakade på huvudet med ögonen på sitt anteckningsblock.

– Men alla säger ju att hon är en jävligt bra sjöman, du får inte ge upp hoppet!

Yngve slog sig ner på bänken mitt emot henne och hon märkte att han försökte möta hennes blick.

– Vad tror du själv? frågade hon och tittade upp.

Hon hörde själv att hon lät onödigt skarp i tonen och försökte sig på ett leende när hon fortsatte:

– Båten låg vid några skär nordväst om Klädesholmen, helt övergiven. Skarvskären kallas de tydligen men det står inte något namn på sjökortet. Alla undrar ju vad som kan ha hänt.

– Jag vet vilka skär det är. Och jag ska ändå ner till Marstrand idag, jag kan ta en tur och kolla runt lite. Jag hör av mig så fort jag har varit där.

Kurt och Barbro, paret som ägde öns enda affär, hade också förstått. De bad att Alice skulle komma in och sätta sig en stund inne på kontoret. De två poliserna hade mycket riktigt varit där igår men inte sagt så mycket. Och inte frågat så mycket heller.

– Men nu börjar ju folk prata. Vad tycker du att vi ska säga?

– Bara det lilla vi vet. Att man fortfarande kan hoppas.

– Hade hon inte någon kille nu? frågade Barbro som var känd för att ha bra koll på alla öbor.

– Det tycker jag inte hör hit. Hon var i alla fall ensam i båten, såvitt vi vet.

Vilhelm, Kurts och Barbros vuxne son, kom in och gav Alice en tröstande klapp på kinden.

– Håll ut bara, det finns säkert någon förklaring. Jag körde själv hem min båt från varvet i Marstrand i tisdags och vädret var ju helt perfekt. Och Sofie är verkligen en tjej som klarar det mesta.

Vilhelm satte sig ner på en liten pall som nästan försvann under hans stora kroppshydda. Han suckade tungt. Alice visste att Vilhelm tyckte mycket om Sofie och att han kunde vara rätt känslosam.

– Jag kan inte tänka på något annat, erkände Vilhelm och suckade igen. Hon är så fin, Sofie, den finaste tjej man kan tänka sig. Jag ber till Gud att ingenting har hänt henne.

Alice hajade till; hon hade aldrig hört Vilhelm säga ett ord om sin gudstro men det lät som om det var bokstavligt menat. Hur som helst kändes det bra att få höra hur omtyckt Sofie var. Efter en stund tog hon fram sin lista med allt som skulle köpas till festen. Hela familjen engagerade sig i inköpen, hur mycket hon kunde behöva av allt hon hade skrivit upp – och lite till. Grönsaker, majonnäs, aïoli, baguetter, ost, vatten, smör, kaffe, mjölk, mineralvatten, stearinljus … Räkorna hade hon redan beställt, de skulle komma i morgon.

– Det är bara tre som inte kommer. Vi kan ta ett kilo mindre av räkorna.

– Ingenting till frukost? Skulle de inte bo över i badhotellet?

Det var Vilhelm som hade tänkt ett steg till.

– Jo, det är klart. Te och kaffe, juice, ost, salami, grovt bröd, kanske ägg, kaviar. Skinka, inte bacon, det finns ju inte mycket till kök där numera. Lite frukt. Gurka.

Vilhelm lovade fixa allt, hela beställningen. Han skulle packa allt i lådor och leverera det mesta redan i kväll. Badhotellet hade inte mycket kvar av sin forna glans, nu för tiden återuppstod det mest som lägerskola på somrarna, men det låg fint med stor egen brygga nere vid vattnet.

– Toppen. Några kommer redan i kväll men de ska sköta sig själva. Tack ska ni ha, alla tre, jätteskönt att slippa tänka på allt det där just nu. Vi ses. Och gör vad ni kan för att det inte ska bli för mycket skvaller på byn!

Plötsligt hade Alice fått en stund för sig själv. Erik skulle fixa allt från Systemet, både öl och vin. Hon bestämde sig för att unna sig en tur runt ön i kajaken, det behövde hon. En helig stund, innan folk började komma.

Havet var lugnt, den svaga vinden fortfarande sydostlig. När hon kom runt udden, såg hon Yngves båt snabbt försvinna söderut, han skulle säkert vara nere vid Klädesholmen inom en timme. Själv kunde hon inte låta bli att spana över vattenytan och kika in mot strandlinjen, som om hon skulle kunna hitta spår av Sofie någonstans. Men hon höll god fart, det var skönt att ta i rent fysiskt när hon var så darrig inombords. Kanske drevs hon av känslan att inte ge upp.

När hon var halvvägs runt ön, ringde mobilen. Det var Robert Fjällgren, polisen som hade varit hemma hos henne igår. Hon lät paddeln vila och höll andan för att inte missa en stavelse.

– Tyvärr, jag har inga nya besked. Jag ska bara tala om att vi har tagit hand om båten, vi förtöjde den ordentligt redan igår. Men vi tar hem den nu för att undersöka den. Vi får se om det ger något. Vi gör vad vi kan. Och håller kontakten.

Känslan av maktlöshet grep henne som ett hugg i bröstet. Men hon fortsatte paddla. Runt Svartskärs södra udde och genom sundet, där hon tog några bilder från kajaken. Hon fortsatte förbi sandstranden, runt de små skären vid inloppet och in i hamnen. När hon gick hemåt genom samhället tog hon omvägar för att slippa möta någon. Nu orkade hon inte prata med en enda människa.

Hon satte sig vid köksbordet och försökte tänka. På festen, vad hade hon glömt? På Sofie, fanns det något de inte hade tänkt på? Något sätt att ta reda på sanningen? Vad skulle hon säga till de andra? Vilka kände Sofie bäst? Och inte minst: vem kunde vara pappa till barnet som Sofie väntade? De hade blivit avbrutna i torsdags, just när Sofie hade berättat att hon var gravid. Sofie hade tystnat tvärt när Bertil råkade dyka upp där ute på udden.

– Men du får höra mer sen, det lovar jag.

Mer hade Sofie inte hunnit säga, men hon hade lett mot henne med hela ansiktet, ett strålande, lyckligt leende, kanske lite hemlighetsfullt. Det var väl snart ett år sen Sofie hade brutit upp från sitt ganska stormiga förhållande med Marco, sitt ex. Och sen dess hade hon inte sagt ett ord om något kärleksliv. Hon hade pratat om att ge sig ut på Tinder, men ingenting om hon verkligen gjort allvar av det. Plötsligt insåg Alice att Sofie kanske hade hoppats på att få henne att testa en dejtingsida. Sofie visste så väl att Alice gillade sitt singelliv men hade ofta sagt att Alice borde unna sig lite kärlek också.

Alice fick annat att tänka på när hon hörde motorljudet från en båt som kom i full fart och saktade in. Det kunde vara Erik. Hon drog på sig jackan och sprang ner till badhotellets brygga.

– Här kommer jag med bunkerbåten! Fulltankad!

Erik hade sin fåniga gamla vegamössa på huvudet och sken som en sol. Han hade tydligen bestämt sig för att oron för Sofie inte skulle få förstöra stämningen helt och hållet. Han lyfte snabbt upp ölflaken och lådorna med vinboxar på bryggan för att sen ta ett skutt rätt i famnen på Alice. De kramades länge och eftertryckligt, utan ett ord. Som om de klamrade sig fast vid varandra i sin förtvivlan, tänkte Alice och fick tårar i ögonen igen.

– Ni har inte hört något?

– Ingenting. Och du har inte sett något på vägen?

– Ingenting.

4

Det hade varit en fin kväll igår, de hade suttit kvar länge nere vid stranden och pratat mycket om Sofie. De hade bjudit med Vilhelm också, han var ett år yngre och hade gått i klassen under, men de kände honom väl, allihop.

– Vilhelm Erövraren! hade Erik hojtat så fort han fick syn på honom och den storvuxne Vilhelm hade rodnat som ett barn.

Han hade fått sitt smeknamn, eller snarare öknamn, redan första året i gymnasiet. Han hade nog aldrig blivit särskilt framgångsrik i några erövringar, men hade alltid ansträngt sig för att bli populär, särskilt bland skolans tjejer. Försökt skoja med dem, bjudit på godis och cigaretter, till och med gått små ärenden och skjutsat dem i bil så fort han tagit körkort. Nu var han tjugosju år, singel och fortfarande lika mån om att vara till lags och få hjälpa till. Ovanligt ömhetstörstande, tänkte Alice som märkte att han ofta tog chansen att röra vid folk. En dunk i ryggen, en klapp på kinden. Han var omtyckt och det var ingen hemlighet att han snart skulle ta över affären från sina föräldrar.

Den lilla förtruppen hade hjälpts åt att duka ett långbord i den gamla hotellmatsalen. Johanna hade tagit med sig stora fång med blommor från sin trädgård, syrener, aklejor och löjtnantshjärtan. De hade letat rätt på badhotellets gamla porslin med blå rand, men när

Alice skulle ställa ner den artonde tallriken, hejdade hon sig. Fanns det någon chans att Sofie skulle dyka upp? Hon gillade tanken på att låta tallriken stå där som en påminnelse om att de fortfarande väntade på Sofie, men kom fram till att det skulle verka patetiskt. Erik hade sett hennes tvekan och nickade när hon bar ut tallriken igen.

David hade skyndat sig hem efter jobbet och varit med hela kvällen, men utan Ebba som var hemma med barnen. Som vanligt, tänkte Alice med en blandning av irritation och besvikelse. På festen i morgon kväll var däremot alla fruar och män, pojkvänner och flickvänner bannlysta. Kristina och Simon var förstås ett par, men det hade de varit ända sen andra året i gymnasiet. De hade kommit rätt sent på kvällen, först då solen hade försvunnit bakom Hamnholmen och alla bord redan var på plats. Simon hade ändå hunnit berätta om segelturen i söndags, hur bra det hade gått och hur imponerad han var av Sofie som seglare: "Hon läser av allt hela tiden, hon vet exakt vad som händer innan det händer."

Och Kristina fick redogöra i detalj för sitt samtal med Sofie i tisdags. Det var någon gång strax före tolv, det visste hon bestämt, hon hade särskilt kollat tiden i efterhand på mobilen. Sofie hade sovit gott ombord under natten och just kommit iväg, lite senare än hon hade tänkt sig. Men allt hade varit bra, "sagolikt", hade Sofie sagt.

– Har du tid?

Det var Yngve som stod nedanför altanen i sitt blanka oljeställ, tydligen på väg ut för att fiska. Plötsligt lade hon märke till hur trevlig han såg ut, det var något visst med det där uppåtvända ansiktet. Det var kanske hakan som var precis så där kantig som hon alltid hade gillat. Eller att mungiporna var lite vinklade uppåt, som beredda på ett leende. Konstigt bara att hon inte hade sett det förut, hon som alltid brukade iaktta folks ansiktsdrag med ett intresse som hon själv betraktade som både en tillgång och en yrkesskada.

– Klart jag har tid, svarade hon och lutade sig över räcket, jag har tänkt mycket på dig, jag menar om du såg något vid Skarvskären.

– Nja, inte så mycket. Polisen kom nästan samtidigt som jag för att bogsera bort båten. Men om jag fattade rätt fanns både sjöstället och flytvästen kvar ombord. Jag snackade med dem och de hade ju inte gjort någon teknisk undersökning eller så men … det låter ju konstigt. Om hon på något sätt har hamnat i sjön under gång, skulle hon väl ha haft åtminstone flytvästen på sig?

– Absolut. Men det kanske inte var Sofies grejor? Det kan ju tänkas att Bertil och Malou åtminstone har sina flytvästar i båten.

– Jag gick iland också och tog en sväng på skäret där båten hade drivit in. Vet inte riktigt vad jag tittade efter men jag såg i alla fall inte något som hade med Sofie att göra.

– Tack i alla fall, Yngve. Jättesnällt av dig att kolla så noga. Vi får höras snart igen.

Alice sminkade sig i god tid och satte på sig sin korta röda klänning och de nya remsandaletterna. Men knöt också en islandströja om midjan. Det kunde bli kallt om de skulle vilja sitta ute och njuta av den ljusa juninatten efter middagen. Under dagen hade alla kommit, några med bussen men de flesta i bil.

Karim hade till allas överraskning kommit i egen båt, en stor motorbåt som såg dyr ut, och dessutom tillsammans med Nina som berättade förtjust om hur härligt de hade haft det under den snabba båtturen.

Klockan sex samlades alla på badhotellets brygga för en välkomstdrink.

David gick själv runt och bjöd på sina parmesankex, nygräddade och gyllene. Alice lade märke till att alla verkade uppskatta omtanken, som om gesten gav lite tröst. Många sken upp, Nina ropade: Så typiskt David!

Och Erik kunde inte låta bli att spela pajas när han väl hade upptäckt David som brickbärare i svart tröja och snövit skjortkrage. ”Å himmel, här kommer pastor David med oblaten. Fly mig genast lite vin!”

Johanna svepte in i tygrikt syrenlila, lager på lager, med prickar här och blommor där. När hon kom förbi Alice lutade hon sig fram och viskade: "Gudrun Sjödén. Köpte den på nätet och fick den idag!"

Alice hade tagit på sig uppgiften att hälsa välkomna. Hon valde att göra det så kort som möjligt. Alla hade redan fått veta det lilla man visste. Och de hade ju hela kvällen på sig. Inne i matsalen skulle det kunna kännas lättare att prata om det som var svårt.

– Hej och välkomna, alla ni kära, gamla klasskompisar. Det är bara med riktigt goda vänner som man kan träffas och blanda så mycket glädje över att ses … med så mycket oro över att särskilt en av oss saknas. Vi som bor här på Svartskär, Johanna, David och jag, är i alla fall glada över att så många är här. Vi slutar inte hoppas, vi tänker på Sofie i kväll och jag hoppas att det bara känns bra att göra det tillsammans. Skål och välkomna!

Alice hade varit livrädd för att börja gråta – mest för att det skulle vara så pinsamt att bli rörd av sina egna ord – och var tacksam över att sorlet snabbt kom igång igen. Nina fortsatte prata om hur fantastiskt det hade varit att sitta uppe på båtens flybridge och se hela skärgården susa förbi. Både Simon och Kristina berättade lite mer om Sofie och hur säker hon var på sjön. De hade varit ute och seglat tillsammans med Sofie och Marco en hel vecka förra sommaren och haft riktigt busväder. "Men med Sofie som skeppare kände vi oss fullkomligt trygga även när det blåste som värst", sa Kristina till sist och höjde sitt glas som en sorts besvärjelse.

Flera av festdeltagarna hade inte träffats sen de tog studenten, och utbytte rapporter om jobb och familj. Men du då? Är du gift? Singel? Har du också barn? Jaså, du blev läkare, det förstod jag redan i skolan! Sa du mjukvaruutvecklare? Det tog över en timme innan det blev dags att gå in och sätta sig.

– Ta med er glasen in i matsalen!

Räkorna stod redan på bordet i stora bunkar tillsammans med öl, vatten och lådvin. Alla fick slå sig ner där de ville. Alice hamnade mellan Karim och Erik, som på eget bevåg tog på sig rollen som kvällens värd.

– Hugg in bara! Västkustens finaste räkor serveras här i kväll! Passa på!

Efter en stund tog Erik till orda igen.

– Om det är någon som vill säga eller fråga något om Sofie, är det helt okej. Ingen ska känna sig tvungen, men har ni något ni vill ha sagt, kör på!

Den som först reste sig var Nina.

– Ni andra får ursäkta, men Sofie var faktiskt världens bästa klasskompis. Jag vet ingen som var så bra på att visa att hon gillade alla, och dessutom hjälpte hon mig alltid med matten, jag hade nog inte klarat mig utan henne. Just nu önskar jag inget hellre än att få se henne igen.

Nina satte sig snabbt ner och svalde en snyftning.

– Superfint, teaterviskade Karim tvärs över bordet.

Och Alice log också tacksamt mot henne, det Nina hade sagt kändes både uppriktigt och sant.

Sen reste sig Micke som alltid varit tystlåten. Men nu hade han tydligen redan hunnit dricka en hel del.

– Hon var den första tjej som jag blev kär i. I smyg visserligen men ändå … Men alla var väl kära i henne. Var det inte så? Till exempel du, David, det syntes ju lång väg. Ni kanske var ihop till och med? Och Erik, du var visst ute och seglade med henne … inte bara en gång, tror jag.

Alice var på väg att resa sig för att protestera men Erik hann före.

– En jättefin tjej, det tycker vi alla, Micke! Men vi släpper det där nu så att det inte blir fel. En skål för hela vår klass och framför allt för våra absent friends!

Erik försökte verkligen skingra den dåliga stämning som spred sig efter Mickes utfall. Några himlade med ögonen. Karim småviskade något till Johanna, David såg upprörd ut men blev lugnad av sina bordsgrannar. Nina frågade Micke om han visste vad det skulle bli för väder i morgon. Kristina och Simon log mot varandra snett över bordet, de verkade fortfarande nykära, noterade Alice.

Det här var en underlig dag. En av hennes bästa vänner var försvunnen. Och snacket vid drinken hade nästan urartat till något slag framgångstävling, där många ville visa vad de hade åstadkommit sen sist. Som en tioårskontroll.

Vad hade hon själv gjort med sitt liv? Hon älskade sitt jobb, hon älskade Svartskär, att kunna bo och arbeta här. Och hon hade alltid trivts bra med att vara oberoende, att få göra precis som hon ville. Men kärleken … Varför var det så längesen hon ens hade varit förälskad? Var hon för kritisk? För feg? Det drällde inte direkt av tillfällen, på Svartskär om vintern. Men skulle hon verkligen behöva testa Tinder eller något sådant?

Hon började tänka tillbaka på killar som hade betytt mycket för henne men som passerat, ofta ganska odramatiskt. Utan plågsamma uppbrott.

David hade en viktig plats i hennes hjärta, de hade faktiskt haft en flört någon sommarvecka. Men det glödde aldrig till. Hon hade varit snabb, den gången, med att skaka av sig det framväxande beroendet.

Tvåsamhet som tålamodsprov, det var hon på sin vakt mot. Hon hade ju testat ett särboskap med Anton som bodde i Göteborg. Inte dumt alls som idé, om han bara inte hade börjat prata om att flytta ihop efter några goda middagar vid hennes köksbord.

Simon hade mycket av det hon gillade hos män, stor och varm och känslig. Men han hade blivit en av hennes allra bästa vänner i stället, dessutom tidigt upptagen av Kristina.

Karim gillade hon också. Men varför var han så rädd för starka kvinnor? Han hade raggat upp ett stort antal beundrande kuttersmycken genom åren. Nina föll alltför väl in i det mönstret.

Och så Erik. Så god och glad och stilig. Hon kunde bara inte föreställa sig honom, klassens clown, den ständige rollspelaren, som sant passionerad eller ens sensuell.

Jag längtar efter någon jag inte har träffat än, tänkte hon. Så är det bara.

– Hör du på, Alice?

Det var Karim som knuffade henne i sidan.

Erik och Ulrika hade ställt sig upp, de skulle tydligen hålla ett litet tal tillsammans och Ulrika hade redan börjat säga något om hur roligt det var att ses här på Svartskär igen. Talet var på vers, blankvers, konstaterade Alice, och det handlade om gymnasieåren. De drog ner skrattsalva på skrattsalva i takt med att de lyckades få med allihop i sin småfräcka jubileumskantat, alla som satt runt bordet nämndes med namn. Till sist också ett par rader om Sofie, hela talet slutade med hennes namn: Sofie Dorsén.

De fick varma applåder, jublet ville inte ta slut, det var som om diktens alla pikar och gemensamma minnen hade förenat dem på allvar igen. Som om vänskapen hade gjort sig påmind och inneslöt dem allihop.

Natten blev lång och mild. Erik hade satt ihop en riktig nostalgilista med både Robyns Dancing on my own, Shakira och Guns N'Roses. Alice dansade länge med Karim och lyckades strunta i att Nina såg demonstrativt sur ut. Men när Simon och Kristina sen buggade loss till Chuck Berrys Johnny B. Goode, kände Alice ett stänk av avund. Stora björnlika Simon på märkligt lätta fötter och den snabba, gracila Kristina, de hittade varandra så exakt hela tiden. Framåt midnatt dämpade Alice musiken för att inte störa grannarna och gick ut och satte sig på hällen intill bryggan. Hon fick snart sällskap av Erik. Han erkände att det var helt sant, det Micke hade påstått, att han hade varit mycket förälskad i Sofie en tid och att de faktiskt hade varit tillsammans ett tag. Men smugit med det. Alice visste rätt väl vilka killar Sofie hade haft på den tiden, men valde att inte säga ett ord om det.

Oron och osäkerheten gjorde att både gamla hemligheter och nya förtroenden kändes som minerad mark.

5

Alice satt på altanen med ett glas juice, kaffe och två ostmackor. Hon hade tagit ett snabbt, iskallt morgondopp, men inte sett en människa nere vid badhotellet, de flesta sov säkert fortfarande. Micke sov ruset av sig i hennes gästrum uppe på vinden, därifrån hördes inte heller ett ljud.

Inga nya besked om Sofie, bara ett sms från Bertil och Malou, som hade kommit hem till Sverige och skulle åka ut till ön i kväll.

Alice var nöjd med festen igår. Det hade i alla fall gått bra, bortsett från Mickes plumpa svammel. De hade haft trevligt, absolut, och i stort sett hade alla pratat om Sofie på ett fint sätt. Inte minst Erik. Det märktes att han var lika skakad som hon av att Sofie var försvunnen.

– Hej!

Johanna kom gående med sina tvillingar och Alice bad dem komma upp. Barnen stannade nere på gräsmattan, de hade upptäckt Alices katt som låg och dåsade i solen. Johanna var nästan salig över festen, alla hade haft jätteroligt, det var hon säker på. Och mycket fint hade sagts om Sofie. Hon hade också ett förslag.

– Jag tycker att du och jag ska gå ner och hälsa på Mary Matsson. Jag mötte henne i affären igår och jag förstår att hon skulle vilja höra mer om Sofie, av oss.

– Du låter nästan lika respektfull som när hon var vår fröken, noterade Alice med ett skratt.

De bestämde sig för att gå ner till Mary så fort de hade städat efter sig på hotellet och festdeltagarna hade börjat ge sig av.

Hotellmatsalen såg bedrövlig ut, med räkskal på bordet och tomma vinboxar på golvet. Nattgästerna hade själva ordnat med frukost vid ett par bord vid fönstren med utsikt över inloppet. En vit båt hissade segel på väg ut ur hamnen.

– Det är inte Sofies båt? frågade Ulrika utan att ens verka tro på det själv.

Alice skakade på huvudet. Nej, det var inte Lazuli.

Det gick fort att röja upp efter kalaset, trots att den stora diskmaskinen var trasig. Kristina hade gjort ett tappert försök att laga den, men utan resultat. Simon tog hand om disken, Micke torkade. Ingenting hade gått sönder och de var många som hjälptes åt att städa, ta hand om sopor och svabba av golvet.

Efteråt vinkade de av Erik som skulle segla hem till Göteborg igen. Ett gäng åkte med 12:10-bussen efter stort kramkalas nere på Hamnplan och Johanna skulle ta med sig ett annat gäng på en promenad runt ön innan de åkte. Med ryggsäckarna på ryggen såg de nästan ut som en grupp tonåringar på skolresa, tyckte Alice.

Innan de skildes, lovade alla varandra att höra av sig snart igen. Och alla ville få veta allt som kom fram om den saknade Sofie. Det var bara Karim och Nina som inte hade synts till än. De tog väl sovmorgon i Karims tjusiga båt.

Johanna knackade på Mary Matssons dörr. De hörde henne närma sig med långsamma steg. När hon öppnade dörren sken hon upp och bredde ut armarna för att krama om dem båda två samtidigt. Solljuset flödade in genom köksfönstret och fick hennes vita hår att skimra som en gloria.

– Kom in, kom in! Vad vill ni ha? Te eller kaffe?

– Gärna te, sa Johanna.

De gick direkt in i Marys välstädade kök för att sätta på tevatten och duka fram koppar i blommigt porslin. Mary tog fram en vetelängd och skar upp den i tjocka skivor.

– Först vill jag veta om ni har hört något om Sofie?

– Bara att de har hittat Lazuli, men inte henne. Polisen har tagit hand om båten för att undersöka den, började Johanna.

– Och Bertil och Malou kommer hit senare idag, fortsatte Alice. De var i Sydafrika men tog ett tidigare flyg och kom hem till Kungsbacka igår. Egentligen är det ingen som vet någonting. Men vi hoppas fortfarande.

– Ni två och Sofie, ni var ju mina tre Stormsvalor …, mindes Mary och gjorde en kort paus för att tänka efter. Från början fick ni heta det för att ni hade så sena vanor redan på den tiden. Ni var alltid ute och sprang sent på kvällarna. Nattaktiva, som det heter om fåglarna. Men så småningom fick det där smeknamnet en djupare betydelse för mig, jag trodde på er, jag tänkte att ni var så ovanligt modiga på många sätt och skulle komma att flyga högt och långt. Det går många berättelser om stormsvalor bland sjöfolk … Att de är starka och uthålliga. Nu får ni kanske visa det, mina kära töser … Flyg ut i mörkret! Spana efter Sofie på det sätt bara ni kan.

Alice ryste till, överrumplad av Marys profetiska tonfall. Mary log ett snett leende som för att lätta lite på högtidligheten, innan hon fortsatte:

– Men men … Sofie brukar ju alltid klara sig. Hon dyker nog upp den här gången också. Det får inte ha hänt henne något, jag vill inte ens tänka på vad det skulle kunna vara.

Johanna berättade att det var Fanny Berndtson som hade fått hand om fallet hos polisen.

– Det var ju alltid något. Man får hoppas att de sätter lite fart efter helgen där inne på station. Så här kan vi ju inte ha det.

När Johanna och Alice var på hemväg såg de att Karims båt inte låg kvar i hamnen.

– Konstigt att de inte hörde av sig innan de stack, sa Johanna. Så självupptagna behövde de väl inte vara även om de var nykära!

– Det spelar väl ingen roll. Det var väl inte så lätt att hitta oss, när vi var inne hos Mary. Ska vi gå och se om Bertil och Malou har kommit?

Sofies föräldrar var hemma, rödgråtna och dämpade. Johanna och Alice tackade nej till en kopp kaffe, men stannade en stund för att höra om det var något de kunde göra. Bertil och Malou skulle få besiktiga båten själva på tisdag, då skulle de kunna se vad som fanns eller inte fanns ombord. Och i vilket skick den var. Den hade säkert fått skador medan den låg där i sundet, men de skulle också undersöka om det var något ombord som såg konstigt ut. Några tecken på att det hade hänt någonting ovanligt.

– Vi har gått igenom allt som skulle kunna ha hänt henne, om och om igen, berättade Malou. Det är outhärdligt men vi tycker att vi måste göra det. Och ändå förstår vi ingenting. Hon är ju alltid så klok och så försiktig. Det är en gåta, en fruktansvärd, skrämmande gåta.

Bertil sa ingenting, han satt i sin fåtölj och tittade på sina händer som om de skulle kunna ge ett svar på gåtan. Innan de gick, berättade Alice och Johanna lite om kalaset: att de hade genomfört det trots allt och att alla hade haft så mycket fint att säga om Sofie.

– Hörde du det Bertil? frågade Malou. Sofies klasskamrater sa många fina saker om Sofie.

Då nickade Bertil och Alice anade en skymt av ett leende.

I hamnen låg Yngves båt på sin plats och Yngve var ombord, böjd över sin inombordsmotor. Johanna hade bråttom hem till familjen, det var snart dags för middag, men Alice gick ut på bryggan.

– Hallå!

– Hallå, hallå. Ska du komma ombord en stund?

Han kom fram i fören och drog in båten åt henne.

– Får jag bjuda på ett glas vin eller fick du för mycket igår?

Hon tackade ja och de gick ner i skansen för att slippa alltför många nyfikna blickar.

– Såg du när den där stora motorbåten gick? frågade Alice. En av våra kompisar hade just köpt den, en kille som var med på festen. Och båten låg kvar för någon timme sen.

Yngve slog på sin skärm med elektroniskt sjökort.

– Nej, det såg jag inte, men vet du vad den hette, den där båten?

– Ja, jag kommer ihåg det, antagligen för att jag tyckte det var väl stöddigt: Oceana.

Yngve skrattade till.

– Ja, där är den. Måste vara en snabb sak. Den är redan uppe vid Väderöarna.

Alice visste mycket väl hur lätt det var att lokalisera båtar numera, när nästan alla större båtar hade AIS-sändare och kunde ses och identifieras på vilken skärm som helst. Men sorgen kom över henne igen, hon blev nästan arg. Tänk om Lazuli ändå hade haft en sådan, då hade de kunnat … Hon satt tyst.

– Hur är det med dig själv då, frågade Yngve försiktigt, hur klarar du allt det här?

Då brast det, äntligen, för Alice. Då kom gråten.

6

Söndagmorgonen gjorde sitt allra bästa. Havet låg spegelblankt. Alice bestämde sig för att ta med sig kameran i kajaken och ta några nya bilder till reportaget. Perfekt dag för att fota lite ute vid Ytterskären.

Först kollade hon mobilen. Inga besked. Det fanns en liten notis i lokaltidningen: *Inga spår efter försvunna kvinnan.* Och lokalradion toppade sina nyheter med rubriken: *Sökandet fortsätter efter saknade kvinnan.* Men där fanns också massor av tack och fina kommentarer från festdeltagarna: *Årtiondets kalas! Älskar er! Vi håller tummarna för S! Leve vänskapen!* Alice kokade ett par ägg och plockade ner kaviartub, bröd, ost, parmaskinka och en nektarin i en plastpåse. Frottéhandduk och vindjacka i en annan. Hon tänkte ta god tid på sig. Inte inbilla sig att hon hade bråttom, att hon måste vara på pass hemma. Kameran och mobilen hade hon i vattentäta fodral och täckningen brukade oftast vara okej ute vid skären också.

På vägen ut kunde hon inte låta att tänka på Yngve. Han hade varit så … ömsint igår. Hon hade fått gråta ut, han hade kramat om henne, varmt och vänskapligt, men hon hade själv känt något annat också. En ilning av lust för första gången på länge. När hon gick iland hade han råkat snudda vid hennes underarm och den lilla beröringen hade känts i hela henne, i kroppen. Hon märkte att hon log vid minnet.

Men det var konstigt att Karim var på väg norrut. I fredags hade det låtit som att de skulle åka direkt tillbaka till Göteborg. Både han och Nina skulle väl vara tillbaka på jobbet i morgon? Om nu Nina fanns med i båten? Skulle hon ringa och kolla? Nej, det där var ingenting hon skulle lägga sig i. Och förresten hade Nina skickat glada tack och tillrop i chatten på Whatsapp.

Innan hon gick iland tog hon några bilder av fördäcket på kurs mot horisonten. Inte en båt inom synhåll. Hon paddlade in mot det yttersta skäret, där det inte rådde något fågelskyddsförbud, och en flat häll där det gick lätt att dra upp kajaken. Den låg fint på hällen, det kunde bli en bra bild det också. Som vanligt gick hon direkt ut mot västsidan, över klipporna där små vindpinade blommor trängdes i skrevorna. Aldrig hade blommorna så starka färger som så här års! Hon kände sig som en riktig naturfotograf när hon tog en serie foton av styvmorsviol tillsammans med den skarpt lilarosa strandtriften. Och lade på minnet att hon skulle ge Mary Matsson några bilder, om de blev bra. Som ett senkommet tack för skolutflykterna där Mary hade envisats med att de skulle lära sig namnen på skärgårdens alla växter och fåglar.

Sjöbrisen rörde bara lätt vid havet som bredde ut sig framför henne. Fortfarande syntes inte en båt mellan henne och horisonten. Hon stirrade sammanbitet ut över havsytan, som om hon skulle kunna locka fram hemligheterna ur djupet. Sofie, Sofie, var fanns hon? Kunde barnets far vara ett spår? Men vem var det? Någon de kände? En kollega? En okänd typ som hon hade fått kontakt med på nätet?

Alice bestämde sig för att hon måste tala med Johanna och berätta att Sofie var gravid. Det kunde vara viktigt att försöka ta reda på vem som var pappa till barnet.

Det hade börjat blåsa lite, så hon satte sig i lä bakom en klippa med sin lunch. Kollade mobilen. Inga nya besked. Men en stort uppslagen artikel i en av kvällstidningarna med suddigt, uppförstorat passfoto och fet rubrik: *Vad har hänt Sofie, 28?*

Johanna var inte hemma, hon hade åkt in till stan och skulle inte komma hem förrän ganska sent. Alice passade på att jobba några timmar. Bilderna var hon nöjd med, de var klart användbara, svårt att välja vilka hon skulle ta med. Hon skrev några informativa, sakliga bildtexter och började tänka igenom själva artikeln, som skulle vara kort, lite mer personlig och ge bilderna ett sammanhang. Miss Molly hade för längesen lagt sig till ro vid hennes fötter.

Men på kvällen hade hon svårt att somna, det var alltför många frågor utan svar som snurrade i huvudet på henne. Strax före midnatt ringde telefonen. Det var ett privat nummer som hon inte kände igen. Men det visade sig vara Fanny, Fanny Berndtson på polisen.

– Jag får egentligen inte säga något än, men jag vill inte att du ska få veta det på fel sätt. Och du måste lova att inte säga något till någon.

– Jaa …?

– Vi har hittat henne.

– Lever hon?

Det blev tyst några sekunder.

– Nej.

7

Polisbåten hade kommit ut till Svartskär tidigt på morgonen. Fanny och Robert skulle träffa Sofies föräldrar personligen för att ge dem beskedet och berätta vad de visste.

De tog god tid på sig och efteråt fortsatte de hem till Alice. Hon ville höra alla detaljer även om det var plågsamt.

– Det var en seglare som upptäckte kroppen sent igår kväll. Han låg med sin båt vid en liten stenkaj norr om Långsund. Han var ute på kvällspromenad med sin hund och plötsligt började jycken skälla, sa Robert med spänd, klanglös röst.

– Han undrade förstås var det kunde vara och blev nog först bara lite nyfiken på vad hunden hade för sig, fortsatte Fanny. Men så fick han syn på någonting som låg och flöt bland några stora stenar ute i vattnet.

– Ja, det var ju ganska mörkt så dags och först tyckte han att det var en säl, förklarade Robert. Men han hade hört talas om att det var en kvinna som var försvunnen, så han tyckte att måste titta efter ordentligt. Och sen larmade han oss.

Alice satt och försökte ta in allt med ögonen simmiga av tårar. Hon fick klart för sig att polisen bärgat kroppen så fort de kunde, att Sofie blev dödförklarad av en läkare redan i natt och att allt tydde på att det var en drunkningsolycka.

– Den enda slutsats vi kan dra på det här stadiet, sa Robert och gjorde en lång paus, är att hon har fallit över bord när hon hissade segel.

– Vad hade hon på sig?

– Bara jeans och T-shirt men hon kan ju ha krängt av sig ytterkläderna i vattnet. Det är det många som gör.

– Ingen flytväst?

– Nej, vi tror att den var kvar ombord. Där fanns för övrigt också en dykarutrustning men den låg inpackad i ett skåp.

– Har ni hittat hennes mobil?

– Nej.

– Dator?

– Nej ingenting.

Alice frös.

– Men nu vet vi i alla fall, fortsatte Fanny lågt. Det är tungt, svårt att fatta, men kanske bättre än ovissheten … Jag tror att jag kan ana hur svårt det är för dig.

Fannys uppriktiga medkänsla fick Alice att brista i hejdlös gråt. Robert lade försiktigt armen om hennes axlar.

– Minnet av en sådan vän som Sofie måste ändå få vara ljust. Tänk mycket på henne, det kan faktiskt vara den bästa trösten även om det gör ont, sa Fanny och såg Alice rakt i ögonen. Och var rädd om dig!

Länge gick Alice omkring som i tjock dimma. Tårarna brände i ögonen så fort hon tänkte på Sofie. Bilden av Sofie i vattnet, kämpande för sitt liv, kom för henne hela tiden. Hon ringde också till Sofies föräldrar, bara för att säga att hon tänkte på dem.

Efter ett tag samlade hon sig och gick ut för att få tag på Johanna. Men hon såg redan genom fönstret till salongen att Johanna var upptagen med en kund. Deras blickar hann mötas, Johanna förstod nog att hon skulle höra av sig så fort hon kunde.

Alice kände också att hon ville meddela de gamla klasskamraterna, men inte innan hon hade pratat med Johanna. Hon vände hemåt igen, orkade inte gå ner till hamnen där hon säkert skulle träffa folk som ville prata. Som ville veta. Många hade säkert sett polisbåten och anade att det hade hänt någonting. Men de fick vänta, just nu ville hon bara träffa Johanna, ingen annan.

Hon slog sig ner vid datorn i arbetsrummet för att försöka skingra tankarna med något rutinmässigt medan minuterna gick. Men det var omöjligt. Bilden av Sofie kom tillbaka hela tiden. Som hon måste ha kämpat.

Sen hörde hon Johannas snabba steg i yttertrappan och skyndade sig att öppna glasverandans dörr. De sjönk tillsammans ner i den lilla knarriga pilsoffan och Johanna bredde sina mjuka plyscharmar runt Alice. Hon kände Johannas tårar på sin egen kind. Och en enda stor och tung, ny sorg.

Hon grep med hårda händer om Johannas rygg, tacksam över att få dela sin förtvivlan med just henne. Efter några minuter kunde hon berätta, med fast röst.

– Ingen flytväst? frågade Johanna sen, exakt som Alice hade gjort.

– Nej. Och fortfarande ingen mobil.

– Det kanske hände något under det där lunchstoppet som Sofie skulle göra?

– Med seglen hissade till hälften? I och för sig, men det måste vara något annat, något konstigt. Och både hon och båten hittades ju ganska nära Långsund. Det är för mycket som inte stämmer. Men det finns en sak som jag inte ens har berättat för dig: Sofie var gravid.

Johanna blev lika häpen och omskakad som Alice hade blivit. De tillät sig spekulera, vilt, men kom inte ens fram till någon gissning som de kunde gå vidare med.

– Frågan är väl om vi ska berätta det för någon annan och i så fall vem, sa Johanna i ett försök att vara rationell. Men först måste vi skriva till klassen om att de har hittat Sofie, hittat henne död. Innan det kommer på nyheterna.

Det blev ett kort, känslofyllt meddelande, som utlöste en våg av sorgsna kommentarer i deras mobiler.

Senare på kvällen fanns nyheten i flera medier, obevekligt kortfattad. "Den kvinna som varit försvunnen i över en vecka har återfunnits, drunknad. Hon omkom i samband med en båttur förra tisdagen. Polisen misstänker inte något brott."

8

Alice var lättad över att medierna så snabbt verkade tappa intresset för Sofies öde. Men själv hade hon fått tillbaka det där hårda trycket över bröstet. Det kom då och då, när hon minst anade det. Samma känsla av att vara nära att kvävas som hade plågat henne med jämna mellanrum i flera månader efter att hennes föräldrar hade dött. Samtidigt, i en bilolycka. Det var också tio år sen men nu kom allt tillbaka. Sorgen. Maktlösheten. Ensamheten. Minnet av den främmande damen som hade kommit till skolan och berättat för henne att mamma och pappa aldrig skulle komma hem igen.

I kväll hade hon i alla fall bjudit hem Bertil och Malou som nästan hade blivit som ett par reservföräldrar när hon förlorade sina egna. Hon hade inte varit säker på att de skulle orka komma, men de hade tackat ja direkt. De behövde träffa lite folk, hade Malou sagt, de började gå varandra på nerverna. Bertil var fortfarande tystlåten, närmast apatisk. Men det skulle göra dem gott att träffa någon annan som också sörjde Sofie.

Hon hade satt sig på glasverandan med sin dator för att jobba hela förmiddagen. Till råga på allt var texten var oväntat svår. Så fort hon försökte beskriva upplevelsen att paddla bland Bohusläns öar och skär, lät det visserligen lockande men samtidigt trivialt. Hon måste hitta en ton som inte lät som ett reklambudskap. En oväntad

46

inledning. Mycket mer personligt.

Hon kunde inte låta bli att kolla ett sms hon just fick från David. Han hade pratat med Karim och Nina som tydligen hade funnit varandra. De hade fått ett infall i lördags och tagit en tur till Norge med Oceana. Båda hade lyckats med konststycket att plötsligt ta semester hela veckan. Nu var de på väg hemåt och ville komma till Svartskär över midsommar. David hade sagt att de var välkomna. Han var rädd att det skulle bli jobbigt men hade inte velat säga nej.

Alice blev först bara matt: varför måste David vara allas snälla pappa hela tiden? Själv var hon absolut inte på humör för några stora fester. Men Johanna hade redan svarat och såg inga problem alls, hon tyckte att det, trots allt, skulle bli fint att träffas så snart igen. Och flera av de andra skulle ju också vara här, precis som vanligt på midsommar. Simon och Kristina hyrde Davids lillstuga hela sommaren. Och Erik brukade alltid börja sin semester med midsommar på Svartskär. Alice suckade. Helst av allt ville hon slippa träffa folk just nu, men det verkade omöjligt.

Hon tog upp sitt manus igen. Det gick något lättare nu. Det fanns kanske en liten chans att hon skulle vara klar i övermorgon.

Bertil och Malou hade med sig en stor bukett med pioner i knopp, de vackraste blommor Alice visste. De tog ett glas vin i trädgården där kvällssolen alltid dröjde sig kvar. Bertil sa knappt ett ord och Malou gjorde ingen hemlighet av hur svårt de hade, båda två, att förstå det som hänt. Hon beskrev saknaden som en avgrund de bara föll allt djupare ner i, en avgrund som verkade bottenlös.

– Det är det värsta, sa Bertil plötsligt. Att det faktiskt inte finns någon tröst. Inget vi kan göra. Ingen väg tillbaka. Att tiden går är ingen tröst.

– Men det känns fint att vara här Alice, fortsatte Malou som uppenbarligen hade tagit på sig rollen att inte bara förtvivla. Det är som en påminnelse om att själva livet fortsätter trots allt.

Alice ville bra gärna veta om de hade sett något särskilt ombord på Lazuli, men hon drog sig för att fråga. De pratade mest om sina olika minnen av Sofie: Sofie, tio år, som tog sin egen rullgardin som segel på den flotte Bertil hade byggt åt henne, Sofie som hade räddat livet på en sommargäst som var på väg att drunkna, Sofie som plötsligt kom ut som expert på antiken när de tre Stormsvalorna båtluffade en hel sommar i Grekland …

Först när det började bli svalt gick de in i huset, där Alice som vanligt hade dukat i köket. Cevichen på pilgrimsmusslor stod framdukad och Alice satte in havsöringen i ugnen.

– Vi var ju inne i stan och tittade till båten igår, sa Malou efter en stund. Men vi fick köra den direkt till varvet med länspumpen igång, det var ett vådligt äventyr. Den har fått en rejäl smäll i fören så vi måste ta upp den på varv, innan vi kan använda den igen.

– Å, så trist. Men såg ni om Sofies flytväst och seglarställ fanns ombord?

– Ja, både flytvästen och seglarstället låg framme i förpiken. Det är konstigt, men det måste väl ha varit så lugnt att hon gjorde ett undantag …

– Mobilen då?

– Nej, ingenting, sa Bertil, ingenting som kan hjälpa oss att förstå.

Alice visste inte om hon skulle säga något om att Sofie var gravid eller inte. De hade ju rätt att få veta. Men skulle inte sorgen bara bli ännu svårare att bära? Och var det kanske en hemlighet som Sofie ville bevara, också efter sin död? Hon funderade intensivt men bestämde sig till sist för att låta bli. I alla fall i kväll.

9

Dᴇᴛ ꜰɪɴᴀ ᴠᴀᴅʀᴇᴛ höll i sig. Midsommarfirandet i eftermiddag skulle nog klara sig. Alice drack morgonkaffet på altanen i bikinibehå och shorts.

Hon hade skickat iväg sitt reportage igår kväll, precis som avtalat, men helt nöjd var hon inte. Ändå kände hon sig lättad. Nu skulle hon äntligen ta sig tid att gå igenom alla tänkbara förklaringar till vad som kunde ha hänt Sofie, systematiskt. Något var det som inte stämde. Hon vågade inte prata med någon mer än Johanna, de kunde ju bara gissa sig fram och det var säkrast att inte sprida spekulationerna till någon annan.

Hon hade tagit med sig papper och penna och började med ”Pappan?” som en första rubrik. Strök under, först en gång och sen en gång till. Vem kunde vara far till barnet som Sofie hade väntat och verkade vara så lycklig över? Inte för att pappan nödvändigtvis skulle betraktas som misstänkt, men han skulle ju kunna veta någonting och hur som helst måste han ju vilja veta vad som hade hänt!

Hon måste ta reda på mer om den där läraren som hade fritidshuset utanför Långsund där Sofie hade legat med Lazuli sista natten. Sofie hade nämnt hans namn, Jonas eller Johan eller något sådant. Hon antecknade:

1. Kollega? Bryggmannen? Ringa skolan (måndag)!
2. Tinderkontakt? Hur kolla mobil, dator?
3. Marco, Sofies ex? (Ringa???)
4. Bekant, vän? Ny eller gammal?
5. Okänd. Omöjlig att spåra? (Kolla med Erik)

De sista punkterna var de svåraste, dem måste hon först ta med Johanna. Någon av dem som hade varit med på festen? Någon av dem som tackade nej i sista minuten? Hur spårar man de okända?

Hon fortsatte med att göra en lista över sådant som verkade konstigt, "Frågor", men hann inte så långt. Först hörde hon bara en harkling. Sen såg hon att det var Yngve som stod nedanför altanen och kisade upp mot henne, och solen. Hon rodnade, kände sig tagen på bar gärning som amatördeckare, och smusslade undan sitt papper.

– Jag hade vägarna förbi och tänkte bara höra om du blir kvar här över midsommar?

– Självklart! Jag vet ingenting som skulle få mig att åka härifrån. Hörde just att Karim kommer med den där stora motorbåten tillsammans med en annan av våra vänner.

– Bra, då ses vi nog sen. Jag hörde förresten att det blir dans på bryggan för första gången på länge. Jag hoppas få en chans att dansa med dig.

Midsommarstången var rest på Strandängen och blev som vanligt utsedd till den vackraste hittills. Ringdansen hade pågått länge när Alice kom ner, hon hade dröjt sig kvar hemma för att få vara ensam ett tag till. Johanna och tvillingarna var uppe och dansade, alla tre med blomsterkrans i håret. Ebba flängde också runt med ett barn i varje hand, både Lilly och Lucas sjöng med för full hals i Björnen sover: "han är inte farlig, bara man är varlig, men man kan dock men man kan dock aldrig honom trooooo …"

Alice hade inte tanke på att dansa ringdans. Hon stod kvar en stund och tittade medan tankarna återigen for iväg till Sofie och vad som kunde ha hänt henne. Hon hade just kommit på sig själv med att bara stå och stirra, när hon såg att Kristina och Simon stod och pratade med David en liten bit bort. Alla tre var midsommarfina, Kristina med en krans av prästkragar i sitt kolsvarta, kortklippta hår. Alice kunde ana vad de pratade om redan innan hon hunnit ända fram.

– Nej, absolut inte, sa Kristina som svar på en fråga från David, som ville veta om hon hade lagt märke till något ovanligt när hon pratade med Sofie i tisdags. Hon lät precis som vanligt, nöjd och glad.

– Men hur var det egentligen med seglen, frågade Simon och vände sig till Alice, hade de fastnat av misstag eller hur hade det gått till?

– Det vet jag faktiskt inte, svarade Alice, men jag ska höra mig för hos polisen, de måste ju ha sett hur det såg ut, när de tog hand om båten.

Alice gick runt en stund och hälsade på bekanta, Vilhelm, Kurt och Barbro från affären och Pietro på pizzerian och också flera sommargäster som just kommit till ön. Många beklagade sorgen, ingen ställde några jobbiga frågor om vad som hade hänt. Hon såg att Fanny Berndtson var med bland dem som dansade runt stången, polisuniformen var utbytt mot en småblommig klänning med fladdrande volanger. Några ordningsvakter fanns också på plats men inga poliser i tjänst. David och Simon hade gått och satt sig på bergknallen ovanför festplatsen och var mitt uppe i ett intensivt och lågmält samtal. Alice lade märke till att de såg ovanligt allvarliga ut båda två. Kristina vinkade till henne på lite håll, hon skulle gå hem lite tidigare för att göra en stor sallad till alla.

Så småningom tog Fanny en paus i dansandet och kom direkt fram till Alice.

– Hej, hur går det?

– Jo, det får gå, även om det är några saker jag inte kan låta bli att fundera på hela tiden …

– Vadå till exempel, säg vad det är!

– Seglen. De satt ju uppe, "på halv stång" som den där killen sa. På vilket sätt satt de uppe? Hade de fastnat halvvägs av misstag eller kan Sofie själv ha knopat fast dem på det sättet?

Fanny såg generad ut, hon visste inte. Poliserna som hade bogserat in båten hade inte sagt något. Men hon lovade att hon skulle ta reda på det och att Alice snart skulle få veta. Hon skulle inte behöva vänta på att den tekniska undersökningen blev klar.

På hemvägen stötte Alice ihop med Yngve som varit ute med båten och levererat havskräftor på flera ställen längs kusten.

– Har du lust, kan du komma med på knytkalaset på bryggan vid Davids sjöbod i kväll. Vi är några stycken som ska äta middag där och du känner nog de flesta. Ta med dig lite havskräftor eller något. Jag har vin så att det räcker till dig också.

– Okej, tack, men vi får se. Jag ska i alla fall duscha först. Annars ses vi vid bryggdansen, eller hur?

Väderomslaget kom snabbare än väntat och bryggdansen blev inställd med kort varsel. De åt sin picknick i lä bakom Davids sjöbod och såg havet mörkna och vågorna slås till sprutande skum mot klipporna. Yngve kom ner så småningom och satte sig bredvid Alice. Hon kände hans arm emot sin och tyckte om det.

Johanna och hennes familj hade gått hem tidigt och David hade blivit tvungen att köra in en släkting till stan med sin båt, men de flesta satt kvar. Ebba var inne och nattade barnen men skulle komma tillbaka. Både Simon och Kristina var ovanligt lågmälda. Kristina berättade att hon hade problem som hon inte hade lust att prata om, det handlade om ett bråk på ögonkliniken där hon jobbat ända sen hon blev färdig läkare. Simon verkade lite tankspridd, men lyssnade uppmärksamt när Karim berättade om sina seglingar med Sofie, medan Nina inte ens försökte dölja att hon blev svartsjuk. Trots att det var mer än tio år sen. Karim, som tydligen blivit framgångsrik som fastighetsmäklare, underhöll dem med en rad historier om listiga, dumsnåla och misstänksamma lägenhetsspekulanter. Och Erik tog en långpromenad i bergen, ensam.

Då ringde Yngves mobil. Det var David och han skrek, för att överrösta vinden eller för att han var rädd, det kunde inte Alice avgöra. Han var mitt ute på fjorden med båten och drev in mot grunden vid Kråkeskär. Yngve hade redan rest sig och var på väg.

– David behöver hjälp. Jag kör ut. Karim och Alice, ni kan följa med.

– Jag ringer 112 om han inte har gjort det själv, han tänkte nog att du var närmast, ropade Simon. Jag säger att ni är snart där, men det är väl bara bra om det blir fler …

Nina skyndade sig in i huset för att varsko Ebba.

Karim, Alice och Yngve rusade ner till hamnen. Det tog en stund innan de kom iväg eftersom Yngve för säkerhets skull hade stormförtöjt båten med extra tampar i för och akter. Men så fort de kommit utanför piren gick det fort, förbi Hamnholmen och runt udden. Där mötte de direkt den sydvästliga kulingen som hade ökat.

– Det är stormstyrka i byarna, konstaterade Yngve och saktade ner för att inte ta för stora risker. Det var fortfarande så pass ljust att de såg Davids båt på långt håll och hur den drev ner mot bränningarna vid Kråkeskärsgrunden. Yngve hade sjökortet på skärmen framför sig. Alla tre hade fått på sig flytvästar. Vågorna verkade plötsligt skyhöga, gång på gång försvann deras egen båt så djupt ner i vågdalarna att de förlorade Davids betydligt mindre båt ur sikte.

– Har du sett David? ropade Alice över motorbullret och bruset från vågor och vind.

– Nej, bara båten än så länge, svarade Yngve.

Karim tog kikaren.

– Jo, jag ser honom. Men det är jävligt nära skären. Hur nära törs du gå, Yngve?

– Nära. Men inte var som helst.

Yngve bad Alice öppna en lucka i aktern och ta fram en lina med en stenhård kula, stor som en tennisboll, i ena änden.

– Gör fast den andra änden i knapen på babordssidan så kastar vi över den när vi kommer tillräckligt nära. Ring David och säg att han ska vara beredd.

David svarade inte. Kanske hörde han inte i dånet. Kanske var han fullt upptagen med att göra sig beredd.

Nu hade de bara ett tiotal meter fram till Davids båt. Han viftade med båda armarna som för att de skulle se honom bättre. Svårare att bedöma avståndet mellan Davids båt och de närmsta grunden, men det såg bara ut att vara ett par båtlängder. Max.

– Är du bra på att kasta, Karim? ropade Yngve.

– Jadå, jag ska försöka. Säg till när det är dags.

Yngve hade saktat ner och de närmade sig Davids båt, långsamt. Just nu drev David närmare skären i nästan samma takt.

– Kastlina kommer, David, skrek Yngve.

Karim stod upp med yttre delen av linan uppringlad i högerhanden och resten i vänster. David gjorde ett tecken att han var redo.

Yngve girade försiktigt och lade båten tvärs vinden så att den rullade våldsamt från sida till sida.

– Nu! Kör!

Karim gjorde ett elegant kast som nådde långt, men inte ända fram. Han tog hem linan i rasande fart och stod snart beredd igen.

– David! Okej?

David gjorde klartecken och Karim kastade igen. Långt men inte tillräckligt. Nu var Davids båt inte mer än någon meter ifrån brotten.

Karim gjorde ett nytt försök. David fångade linan och gjorde snabbt fast den i sin båt.

Yngve körde sakta och försiktigt bort från skären med David på släp.

Först när de kommit en bra bit från bränningarna vågade de andas ut och kunde byta ut den tunna kastlinan mot en kraftigare bogseringstamp. Yngve ropade upp sjöräddningen på radion och meddelade att han hade tagit hand om den drivande motorbåten med förare och allt.

Färden tillbaka till Svartskär fick ta sin tid. De hade vinden i ryggen men vågorna tornade upp sig runt båten. Yngve passade noga på våg efter våg men då och då vräkte sig en brottsjö in akterifrån och sköljde över dem.

10

Det hade gått bra, det var det viktigaste.

Men David var dämpad. Han och Yngve tillbringade en stor del av midsommardagen nere i hans båt för att hitta felet. Framåt eftermiddagen var de säkra på att det hade kommit vatten i bensinen men kunde inte begripa hur det hade kommit dit. David var alltid extremt noga med att aldrig lämna motorn med halv tank någon längre tid och att aldrig använda bensin som hade stått och blivit gammal.

”Säg det inte till någon,” hade han sagt till Yngve, ”men jag tror fanimej att det är ett sabotage.”

Yngve hade tagit sig friheten att, trots allt, gå direkt upp till Alice och berätta det för henne. Av någon anledning kände han sig absolut tvungen att låta henne veta.

– Och jag tror honom faktiskt, fortsatte han. Vi har gått igenom alla andra förklaringar, det finns inte någon annan.

– Men vatten i bensinen kan ju hända den bäste. Är det inte bara noggranne David som inte vill tro att det kan hända honom? Och vem sjutton skulle kunna göra något sådant?

– I princip vem som helst som kan ta sig ombord på båten.

– Men vem skulle vilja utsätta David för något sådant?

– Inte vet jag. Det kan väl inte hänga ihop med Sofie?

– Nej, på viket sätt i så fall? Jag vill ens tänka på det, det är för hemskt … Vi kan ju inte gå här och misstänka varandra för att vilja ta livet av varann.

Alice passade på att bjuda Yngve på middag. De försökte prata om annat än de båda båtolyckorna som skett så nära inpå varandra, men det gick inte något vidare. De var alldeles för omskakade och inte ens Alice kunde låta bli att fundera över ett möjligt samband. Yngve ville också veta mer om Sofie, han hade egentligen aldrig känt henne närmare.

Till slut gick de ner till David och Ebba, där Simon och Kristina redan satt och drack vin och åt rester från gårdagskvällen.

– Är Erik ute och promenerar igen? frågade Alice.

– Ja, han kände för att gå ut i bergen och det blåser ju inte lika jäkligt längre, svarade Simon. Karim och Nina har åkt, de hade bråttom hem nu och ville hinna lite längre söderut.

Alice mötte Ebbas blick. Hon såg behärskad ut, tyckte Alice. Kanske skrämd utan att vilja visa det, men det var svårt att säga. Ebba var alltid lite reserverad, snudd på kylig. Hon höll sig på sin kant, det var som om hon hade bestämt sig för att hon aldrig skulle bli riktigt accepterad, vare sig i vänkretsen eller som öbo. För henne måste ju David ha berättat att han trodde att det rörde sig om ett sabotage. Men han var inte heller riktigt sig själv, ingen visste väl längre vilka de litade på. Eller inte.

Alice såg på vännerna runt bordet. Hon kunde absolut inte misstänka någon av dem för något skumt över huvud taget. Men borde hon det? Var hon för godtrogen?

Så småningom kom Erik tillbaka från sin långa tur runt ön. Hans långa gängliga gestalt såg plötsligt sårbar ut, tyckte Alice. Han hade tänkte lite, sa han, och hade en fråga:

– Ska inte Sofie obduceras?

Alice ryste till men kände direkt att han kunde ha rätt. Hon hörde knappt vad de andra sa men det blev en hetsig diskussion. David var den som argumenterade ivrigast för att det faktiskt fanns skäl för en obduktion. Ebba tyckte att han överdrev. Men Simon höll med.

– Det är ju så mycket frågetecken kring vad som har hänt. Så man kan väl inte påstå att man vet hur hon dog? frågade Simon.

Kristina började berätta om en obduktion hon hade varit med om som läkarstudent men hejdade sig. Alice bestämde sig för att återuppta sin egen research i morgon, helst tillsammans med Johanna. Eller Yngve. Om hon nu kunde lita på honom?

David bröt upp redan vid tiotiden.

– Jag mår inte riktigt bra, ni får ursäkta men jag går upp och lägger mig. Det blev kanske lite mycket där ute vid Kråkeskärsgrunden igår. Eller av whiskyn jag behövde efteråt. Vi ses i morgon.

Kristina erkände att hon också kände sig lite dålig, "men jag är väl bara utfestad", sa hon med ett snabbt leende och föreslog Simon att de skulle gå hem till sig. När Alice passade på att resa sig för att gå, flög även Yngve upp från bordet. Han följde henne genom det sovande samhället ända till trappan vid hennes hus. Där stannade han tvärt och gav henne en lätt godnattkyss på pannan.

11

Dᴇᴛ ᴠᴀʀ ᴋᴏɴsᴛɪɢ sᴛäᴍɴɪɴɢ när de vinkade av Kristina och Simon på söndagen. Sorgsen kanske, tänkte Alice. Om det inte var något slags misstänksamhet som smugit sig in mellan dem allihop? Simon och Kristina var ovanligt tillknäppta, de verkade nästan sura, i alla fall på varandra. Kristina var lite blek. Och det var ungefär likadant när Erik gav sig av lite senare. Han var fåordig på ett sätt som Alice inte kände igen. Erik, spelevinken, han som alltid brukade hålla humöret uppe på hela sällskapet. Ingen var sig riktigt lik.

Hon såg fram emot att få prata igenom allt med Johanna. De skulle träffas på pizzerian klockan ett och äta lunch tillsammans. Äntligen skulle de få en stund för sig själva och kunde i alla fall göra ett försök att bena upp alla obesvarade frågor som hopat sig omkring dem på sista tiden.

– Två quattro, sa Johanna och log mot Pietro som stod bakom disken.

Alice hade tagit med sig sina anteckningar. Johanna ville också gärna veta vem som var far till det väntade barnet men var tveksam till att ringa runt för att försöka få fram något. Ingen av dem hade lust att fråga Sofies föräldrar om den saken.

– Men du kan ju ringa till skolan bara för att fråga om de vet att Sofie är borta, så ger sig nog resten av sig själv, föreslog Johanna.

Det är bara bra att vi försäkrar oss om att hennes gamla kolleger vet vad som hänt.

Alice lovade att ringa till skolan nästa vecka. Hon berättade också om den hetsiga diskussionen som hade uppstått när Erik frågade om Sofie skulle obduceras.

– Men jag ska faktiskt fråga Fanny om det, lovade Alice. Hon har sagt att hon ska höra av sig till mig om det där med seglen.

När de hunnit till kaffet kom Pietro fram till dem och frågade om han fick slå sig ner. Han hade något han ville berätta.

– Självklart.

– Det var en kille som kom in igår och frågade efter Sofie. Han hade tydligen inte en aning om vad som har hänt.

– Sa du något?

– Nej, jag blev helt ställd, jag visste inte vad jag skulle säga.

– Ligger båten kvar?

– Nej, han gick nog i morse.

– Sa han hur han kände Sofie?

– Nej, men jag kände igen honom.

– Hur gammal var han?

– Som jag ungefär, högst fyrtio.

– Vad var det för båt?

– En halvstor motorbåt.

Johanna och Alice hade nästan pratat i mun på varandra, när de bombarderade Pietro med sina frågor. Och de gav sig inte.

– Kan du beskriva båten lite mer? undrade Alice.

– Nja, den var vit som alla andra …

– Vet du om det var någon mer ombord?

– Inte en aning.

– Vet du vart han skulle? frågade Johanna

– Han kom i alla fall från Göteborg och skulle gå norrut. Hade just börjat sin semester.

– Hur såg han ut? frågade båda nästan samtidigt och Pietro

skrattade till.

– Tja, som folk gör mest. Fast lång, mycket längre än jag, sa Pietro och sträckte upp ena armen över huvudet. Och mörkt lockigt hår. Krulligt. Han såg trevlig ut. Och så hade han en stor hund med sig! En brun.

Alla tre fnissade generat åt det improviserade korsförhöret. Pietro lovade att han skulle be mannen med hunden ta kontakt med Johanna eller Alice, om han dök upp igen. Innan de gick tog Alice mod till sig och frågade Pietro hur väl han hade känt Sofie. Pietros leende slocknade.

– Väldigt bra, svarade han allvarligt. Hon var ofta här och jag blev alltid jätteglad när hon kom in. Hon kunde komma in bara för att ta en kopp kaffe och prata lite. Jag tyckte så mycket om henne, jag kallade henne för min lillasyster.

Johanna och Alice fortsatte ut i bergen för att få röra på sig. Alice var alltid lika förvånad över hur smidigt den stora runda Johanna nästan flög fram över klipporna. De stannade till först när de kom upp på den första bergstoppen. Havet hade lugnat sig, dyningarna rullade in i maklig takt.

– Har du tänkt på dem som inte kom?

Johanna förstod först inte frågan.

– Jag menar dem som hade anmält sig till festen men inte kom. Inte för att det var konstigt, men för att inte bara glömma bort dem, när vi tänker på vilka som kan veta något om Sofie.

– Egentligen inte, vilka var det?

– Julia. Patrik. Och Filip.

– Var det någon av dem som hade något särskilt att göra med Sofie?

– Mm, svarade Alice, Patrik var ju jättekär i henne! I alla fall sista året. Han kom ofta hit med någon liten snabb båt på den tiden. Alla tre bor väl i Göteborg nu. Han är tandläkare, tror jag. Patrik Womer.

På hemvägen berättade Alice för Johanna om gårdagskvällen, att David var övertygad om att någon medvetet hällt vatten i hans bensin. Johanna lovade att inte föra det vidare, men tyckte själv att det verkade otroligt: "Vi får börja passa oss … så att vi blir paranoida hela bunten."

Alice hade också lust att säga något om sina känslor för Yngve, men lät bli. Hon skulle inte prata ihjäl det som kanske var på väg att hända. Det var något med den där pussen på pannan hon inte kunde sluta tänka på.

På kvällen ringde Ebba till Alice och frågade om hon kunde komma ner och passa barnen. Med detsamma! David hade blivit mycket sämre. Hon hade ringt till sjukvårdsupplysningen och skulle köra David till akuten i Trollhättan så fort som möjligt.

Alice sprang ner. David satt hopsjunken på en stol i hallen. Han var likblek och verkade ha svårt att andas.

– Tack, snälla! ropade Ebba som sprang runt och försökte packa ner det viktigaste i sin stora Michael Kors-väska. Du är en ängel!

– Åk ni, sa Alice, jag stannar här så länge som det behövs, hela natten om det är så.

När barnen fått vinka adjö till föräldrarna tog Alice dem i var sin hand och gick in i vardagsrummet där de kröp upp i soffan, alla tre. Lilly grät tyst, hon hade blivit rädd när hon såg sin pappa så blek och sjuk. Alice försökte besvara deras frågor så gott hon kunde och efter ett tag kunde de välja ut boken de skulle ta som godnattsaga.

Vid midnatt ringde Ebba och talade om att de skulle bli kvar över natten. Ingen diagnos än så länge. Och David hade inte blivit bättre. Tvärtom.

12

ALICE HADE SOVIT på soffan i vardagsrummet. När hon vaknade satt båda barnen på golvet bredvid henne och bläddrade i var sin bok.

– Vi trodde aldrig att du skulle vakna!

De gick ut i köket och hjälptes åt att leta fram allt de ville ha till sina morgonmål. Alice satte på kaffe och kollade mobilen. Ett sms från Ebba: ring när du är vaken!

Hon gick tillbaka in i vardagsrummet och ringde upp. David hade blivit sämre under natten, var förlamad i delar av ansiktet och hade fått ännu svårare att andas. Nu låg han i respirator. Läkaren som hade undersökt honom nu på morgonen misstänkte att det var botulism, en typ av förgiftning.

Ebba lät samlad, nästan egendomlig lugn. Hon som annars hade lätt att bli nervös och oroa sig för allt möjligt. Men det var som om hon lyckades mobilisera nya krafter för att klara av den nya, riktigt allvarliga situationen.

– Jag skulle vilja vara kvar här om du kan ta hand om barnen. Kan du det?

– Självklart, svarade Alice och försökte låta lugn. Vi har det fint. Hör bara av dig när du vet mer och ta hand om dig, du också!

Lucas och Lilly tyckte att det var bra att deras pappa fick vara på sjukhuset när han var sjuk. De klädde sig och gjorde sig i ordning själva och följde gärna med Alice upp till hennes hus. Där släppte de in Miss Molly och fick ge henne mat medan Alice gick och duschade och bytte om. Hon föreslog att barnen skulle gå ut på skattjakt: båda två skulle hitta något blått, något av järn eller plåt och en röd blomma.

Alice skickade ett sms till Yngve och Johanna och berättade att David låg på sjukhus, allvarligt sjuk. Yngve svarade direkt. Han var ute med båten men skulle höra av sig när han var hemma igen. Johanna svarade ännu kortare: NEJ!!! Kommer så fort jag kan.

Ebba kom hem en stund på eftermiddagen men stannade bara några minuter. Hon skulle bara pussas lite med barnen och hämta några saker. Hon ville vara hos David, läget bedömdes som "stabilt men kritiskt". Alice försäkrade att hon kunde ta hand om barnen så länge det behövdes, åk du!

Strax efteråt ringde Fanny från en polisbil och frågade om Alice var hemma, hon var på väg ut till ön och ville träffa Alice för att kolla ett par saker som rörde Sofie. Vid femtiden? Okej, det måste gå, resonerade Alice.

– Välkommen, du vet var jag bor!

När klockan var fem satt Lucas och Lilly i Johannas kök och åt köttbullar med potatismos tillsammans med tvillingarna. Ungefär samtidigt slog sig Fanny ner vid Alices köksbord med en djup suck.

– Jag vet inte var jag ska börja ... eller vad jag ska tro.

– Hur var det med seglen för det första? Vet du?

– Ja. Ingen hade rapporterat något om det, men både storseglet och förseglet satt med fallen ordentligt fastknopade vid masten, trots att de var hissade lite på trekvart. Som om hon haft bråttom att reva, fast det var så pass lite vind. Och skoten satt precis som under en vanlig segling – "för styrbords halsar" enligt vår seglingstokiga polistekniker. Du fattar säkert vad han menar.

– Visst, men det låter konstigt, sa Alice. Vad tror ni?

– Kan hon ha blivit överraskad av något medan hon satte segel? frågade Fanny.

– Knappast. Då skulle hon nog inte ha knopat fast fallen så ordentligt. Och båda skoten skulle ha varit lösa.

Alice tog flera djupa andetag. Det verkade obegripligt. Hon måste ställa den viktiga frågan till Fanny.

– Är ni säkra på att Sofie verkligen drunknade? Hon ska inte obduceras?

– Nja, fortfarande utgår vi från att hon har fallit överbord och drunknat. Men vi ska tänka igenom det en gång till. Dödsorsaken är ju en gång fastställd, men jag ska tala med min chef igen. Det är inte för sent för obduktion men det får inte dröja för länge.

– Jag vill bara säga att Sofie aldrig skulle ha satt seglen på det där sättet. Absolut inte. Och aldrig gett sig ut på sjön utan flytväst. Det är för mycket som inte stämmer. Sen är det en sak till, även om det väl inte har med Sofie att göra ...

– Vadå?

– En av våra vänner – David, om du vet vem det är? – har plötsligt blivit sjuk. Han ligger på sjukhuset nu, det är någon typ av förgiftning. De misstänker att det är botulism. Och för bara ett par dagar sen fick han motorstopp när han var ute med båten, mitt i stormen på midsommarnatten. Han trodde själv att någon hade mixtrat med hans utombordsmotor. Vad är det som händer?

– Man får väl hoppas att det är tillfälligheter. Men botulism är väl det man kan få av dålig sill och sådant? Vet du om han hade ätit gravlax till exempel?

– Mycket möjligt, vi hade knytkalas och där fanns det både sill och gravad lax. Och nyrökt makrill.

– Låter värt att kolla i alla fall. Men jag ska åka tillbaka till stationen. Och jag lovar att vi ska reda ut vad det var som hände Sofie. Jag hör av mig. Var inte orolig.

Alice gick över till Johanna, där alla fyra barnen satt på rad i soffan i vardagsrummet och tittade på barnprogram. Alice och Johanna kunde prata i köket utan att barnen hörde. Tanken på att Sofie kanske skulle obduceras var obehaglig, kändes nästan ovärdig, men det var förstås nödvändigt om man någonsin skulle få klarhet. De hann också googla på botulism och konstaterade att Fanny hade rätt: det kunde bildas ett dödligt gift i gravlax om den inte var riktigt gjord. Men det var väldigt sällsynt i Sverige numera. När Yngve ringde till Alice för att säga att han skulle bli sen, bestämde de att de skulle ses i morgon i stället. Det blev ändå ett långt samtal, han ville veta allt som hänt under dagen och Alice tyckte att hon blev egendomligt mycket lugnare bara av att höra hans lite raspiga röst.

Lucas och Lilly ville sova i sina egna sängar så för Alice fick det bli ännu en natt på soffan i deras hus. En orolig natt med långa sömnlösa timmar som bara avlöstes av en rad mardrömmar. En gång var det sjögräs som snärjde sig kring hennes armar och ben medan hon långsamt sögs ner mot havets botten … nästa gång hängde hon ovanför ett stup och upptäckte att hon hade tappat rösten när hon försökte ropa på hjälp … och så den allra värsta, när Lucas och Lilly höll på att drunkna och hon själv inte kunde röra sig ur fläcken för att rädda dem. Varje gång Alice vaknade till var hon kallsvettig. Och kände att verkligheten var precis lika skrämmande.

13

Alice hade tagit med sig Lucas och Lilly till sandstranden. Det var fortfarande lite väl kallt i vattnet men de var fullt sysselsatta med att gräva kanaler och bygga sandslott som de prydde med snäckor och musselskal. Alice släppte ner sin bok i knät, det var omöjligt att tänka på något annat än Sofie. Hon måste ringa till Sofies skola, bäst att göra det innan alla försvann på semester.

Hon hittade ett direktnummer till skolan och tog fram blyertspennan som låg i badväskan. Försättsbladen i pocketboken fick duga om hon behövde anteckna.

– Lindhagens skola, Irene Berggren.

Alice blev torr i munnen och glömde helt hur hon hade tänkt börja samtalet. Men hon lyckades presentera sig.

– Alice Elofsson, jag ringer från Svartskär. Jag var mycket god vän med Sofie Dorsén ...

Irene Berggren var studierektor, och hon visste att Sofie var död. Hon beklagade sorgen på ett sätt som både värmde och lugnade Alice. Och hon gav sig tid att lyssna på Alices ganska hackiga redogörelse för det lilla man visste.

– Vi har haft en liten fin minnesstund här på skolan också. Sofie var väldigt omtyckt. Av både elever och lärare. Men är det något jag kan hjälpa dig med?

– Nja, jag vet inte, men natten före olyckan låg Sofie vid en brygga som jag tror tillhör en lärare på er skola. Någonstans i närheten av Långsund. Jag bara undrar vem det är och om han kan veta något.

– Nu lämnar vi ju aldrig ut några personliga uppgifter om våra anställda. Inte ens … eller kanske särskilt inte om det handlar om outredda dödsfall. Det hoppas jag att du förstår. Men jag kan i alla fall säga att den person jag tror att du menar är utomlands. Han har varit tjänstledig den senaste månaden och kommer inte tillbaka förrän nästa termin. Om det är till någon hjälp.

Alice kände sig tom och villrådig. Men tackade för samtalet. Och hon fick gärna ringa igen.

Alice och barnen hade matsäck med sig och åt sin lunch på stranden. Ebba ringde från sjukhuset. Inget nytt, läget fortfarande kritiskt. Rösten fortfarande behärskad, men spänd.

– Men min mamma kommer i eftermiddag och löser av dig. Hon har tagit ledigt från jobbet och tar hand om barnen. David ligger fortfarande i respirator. Läkarna säger att det fortfarande finns goda möjligheter att det ska gå bra … men i mina öron låter det som om de menar precis tvärtom.

Där bröts Ebbas röst. Hon bad Alice krama om barnen och avslutade snabbt samtalet.

De hade just packat ihop sin matsäck, plasthinkar och handdukar och skulle börja gå tillbaka längs strandstigen, då Yngve kom farande runt udden med sin båt. Han saktade ner, smög in mot land och ropade att han kunde skjutsa hem dem, om de ville.

– Hur går det? frågade han tyst när de hade hoppat ombord alla tre.

– Inget vidare, svarade Alice lika tyst.

Hon ville inte säga något om David när barnen hörde, men berättade om sina samtal med Fanny och studierektorn.

– Vet du att Erik ringde mig igår, sa Yngve när de skildes åt vid bryggan. Han kommer hit på lördag. Han verkar ha tagit det hårt, att Sofie är borta, mycket hårdare än vad jag hade trott. Han lät inte som vanligt. Nervig på ett sätt som jag inte kände igen.

På eftermiddagen satte Alice sig vid sitt skrivbord och tog itu med nästa jobb, ett stort fotoreportage om naturhamnar för en båttidning. Det skulle inte publiceras förrän nästa vår, men fotas den här årstiden. Det var rätt tid nu, innan vikarna skulle bli proppfulla med båtar och medan hela landskapet fortfarande var försommarvackert. Hon behövde ett par bilder till och borde verkligen passa på. Medan vildrosorna och strandkålen var som snyggast i vikarna. Och rönn och hagtorn – om hon hade tur – fortfarande stod i blom. Men det gick trögt. Hon tog fram sitt sjökort, där hon hade markerat de platser hon tänkte ta med. Kanske skulle hon fråga Yngve om han hade några bra tips?

Hon blev avbruten av att mobilen ringde. Det var Fanny.

– Det blir obduktion. Rättsmedicinsk obduktion.

– Vad innebär det?

– Till exempel att det kan göras direkt, man behöver inte ens fråga de anhöriga först, men vi har redan talat med Sofies föräldrar.

– Hur lång tid tar det?

– Väldigt olika, det vet man aldrig. Ibland går det fort men det händer att man inte får slutresultatet förrän efter flera månader.

– Och varför? Varför blir det obduktion nu?

– Ja, det var lite för mycket som verkade oklart, du vet ju själv. Det finns skäl att ifrågasätta dödsorsaken, kan man säga.

Alice tackade Fanny för att hon ringt. Funderade på om hon skulle ringa Bertil och Malou men beslöt sig för att låta bli. Hur skulle det nu bli med begravning och sådant? Hur länge skulle de behöva vänta på något resultat? Men framför allt, om Sofie inte hade drunknat, vad var det då som då hade hänt? Fanns det någon människa i världen som kunde ha velat henne något ont?

Hon satt och stirrade på sjökortet för att få idéer kring jobbet med naturhamnarna. Men började snart titta på kusten innanför de namnlösa Skarvskären där de hade hittat Lazuli. Hon sökte på Google Earths satellitbilder över området. Där fanns flera små vikar, en liten bukt med en enda brygga alldeles norr om Långsund … Hon zoomade in den lilla bukten. Den kunde det vara. Och hon skulle kunna åka dit, låna en bil bara för att titta lite. Telefonen ringde igen.

Det var Ebba. Hon grät så häftigt att hon hade svårt att få fram orden.

– David är död. Han dog för en timme sen.

14

Det var tydligen botulism, förklarade Ebba mellan tårarna. Doktorn verkade rätt säker på det.

Hon låg på soffan hemma i vardagsrummet. Alice satt bredvid och höll henne i handen. Och lyssnade. Ebba hade berättat utförligt om hur svåra plågor David hade haft innan han dog. Och hur hon själv hade sett hur han, steg för steg, blev förlamad.

– Det var därför han inte kunde andas. Och han blev mycket sjukare redan på vägen dit, jag fattar inte varför vi inte åkte in direkt, då hade nog respiratorn kunnat rädda honom …

Gång på gång anklagade hon sig själv för att de inte hade åkt in tidigare. Hon berättade också att läkarna ville att David skulle obduceras för att man säkert skulle kunna fastställa dödsorsaken. Och hon hade inte haft några invändningar.

Ebbas mamma Birgitta skulle stanna kvar och hjälpa till men Alice undrade hur det skulle gå. Birgitta var inte bara bedrövad, hon verkade smått hysterisk. Det var hon som hade gravat laxen de hade ätit på midsommarafton och hon var rädd att det hade varit något fel på den.

– Men jag gjorde ju precis som jag alltid har gjort, upprepade hon. Samma recept som jag har haft i alla år.

– Men vi vet ju ingenting, försökte Ebba säga, det kan ju ha varit vad som helst … det var ju många som kom med både sill och annat. Allt blir bara värre om du går och tycker synd om dig själv också.

På sjukhuset hade de frågat om det var någon mer i sällskapet som hade blivit sjuk eller mått illa. Ebba hade fått order om att spara eventuella rester av sill, lax och rökt fisk för att man åtminstone skulle ha möjlighet att analysera dem lite senare. Alice lovade att hon skulle höra sig för med de andra. Och insåg samtidigt att hon återigen var tvungen att berätta om ett nytt dödsfall för sina vänner.

Alice våndades, prövade olika formuleringar men skrev till sist ett meddelande till alla som varit med på knytkalaset på midsommarafton. Det dröjde inte länge innan svaren började droppa in, fulla av sorg, undran och enstaka minnesbilder, både från midsommarafton och av David. Framåt kvällen hade alla svarat. Ingen av dem hade mått dåligt, förutom Kristina som hade mått lite illa på natten till söndagen.

Johanna kom in en stund efter middagen. Det blev inte mycket sagt, det var för svårt att ta in, det som hade hänt. De hade så många frågor båda två och fortfarande inga svar. Johanna skulle i alla fall försöka få Lucas och Lilly att komma upp och leka med tvillingarna ibland.

När Johanna hade gått gick Alice ut för att få lite luft. Hon ville helst inte möta en enda människa och valde att gå direkt ut i bergen i stället för att som vanligt ta vägen om hamnen. Hon gick fort för att slippa tänka. Och det blåste kallt, iskallt, men det kändes bara bra när allt annat gjorde så ont.

På hemvägen kom hon förbi Yngves hus och stegen blev allt långsammare. Klockan var över nio på kvällen men det var fortfarande ljust ute.

Hon knackade på.

15

"Te?" hade han sagt, så fort hon kom innanför dörren.

Som om det inte var det minsta konstigt att hon kom och hälsade på så sent på kvällen, trots att hon faktiskt inte hade varit där sen hon var liten. Då var det Yngves föräldrar som bodde här, men han hade övertagit huset när de flyttade in till stan för många år sen. Hon och Yngve hade egentligen aldrig umgåtts, han var så pass mycket äldre att de alltid hade haft helt olika kompisgäng. Nu var det inte samma sak längre.

Hon hade suttit med tekoppen framför sig och tagit fram satellitbilden över Skarvskären på sin mobil. Han hade stått bakom henne, lätt framåtböjd, och pekat ut stället där de hade hittat Lazuli. Tillsammans gick de igenom hur Sofie kunde ha seglat och vad hon hade haft för vind. Hela tiden kände Alice hans närhet, som en laddning i kroppen. Ett tag hade hon till och med hållit andan, men visste knappt själv om det var för att njuta av stunden eller för att han inte skulle märka något. Han var precis som vanligt.

Men när hon skulle gå hem, hade han följt med henne ut på glasverandan. Där tog han ett hårt grepp om hennes axlar och kysste henne på pannan, igen. Men mer eftertryckligt den här gången. Som om han ville säga henne något. För att sätta punkt för något som inte ens hade börjat? Eller var det en fråga?

Alice log för sig själv för första gången på evigheter. Hon var verkligen inte beredd på någon kärlekshistoria mitt uppe i sorgen och ovissheten. Men hon kände sig egendomligt, nästan skamligt lätt om hjärtat.

– Hur dum får man vara?

Alice sa det högt, där hon satt vid sitt skrivbord med en satellitbild över hela kusten utanför Tjörn och Orust på skärmen. Än en gång hade hon försökt ta itu med naturhamnsjobbet men snabbt glidit över till alla frågor kring Lazulis och Sofies sista resa. Simon hade ju följt med Sofie på seglingen från Lazulis hemmahamn i Kungsbacka till den där bryggan i Långsund där hon låg över natten. Och Kristina hade varit där och hämtat honom på söndag eftermiddag med bilen. De visste ju exakt vilken brygga det var.

Hon ringde till Kristina som var på jobbet men svarade direkt. Först pratade de en stund om David och hur svårt det var att fatta att han också var borta. Det var inte på samma sätt som med saknaden efter Sofie, Sofie som alltid hade kunnat dyka upp var och när som helst, lika betagande som oförutsägbar. David hade de alltid tagit för given, han hade alltid funnits där. Noggrann och pålitlig. Alice visste inte hur många hundratals gånger hon hade gått ner till David för att låna något verktyg eller fråga om råd.

Också Kristina underströk hur ovanligt det var att botulism ledde till döden numera, åtminstone i Sverige. Men just midsommarmaten var full av fällor, inte bara sill och lax utan också rökt fisk över huvud taget.

Och den där privata bryggan, den låg avsides men hon hade hittat den utan problem.

– Jo, det var inte så svårt. Alldeles norr om Långsund, en skarp högerkurva strax före infarten och sen en väldigt krokig grusväg minst ett par kilometer fram till viken. Själva huset ligger litet undangömt bakom en kulle.

– Vet du vad han hette?

– Vem då?

– Han som hade bryggan och det där fritidshuset?

– Nej, men hon nämnde det kanske för Simon, jag kan fråga honom i kväll.

– Hälsa så mycket! Och hör av er när ni kommer hit!

Alice ringde till Johanna, som just kommit hem från salongen. I hennes kök satt Lucas och Lilly och åt mellanmål tillsammans med tvillingarna.

– Behöver du din bil i morgon?

– Nej, hurså?

– Jag ska göra en tur ner till Tjörn och det är så dåliga bussförbindelser dit jag ska.

– Det går jättebra, jag lägger bilnyckeln i din brevlåda när vi följer Lilly och Lucas hem.

Alice visste inte varför hon inte sagt som det var till Johanna. Kanske var hon rädd att Johanna skulle tycka att hon var galen, verklighetsfrämmande, barnslig. Försöka hindra henne från att ”leka polis”. Och i värsta fall vägra att låna ut sin bil.

Men hon skulle ju bara åka och kolla lite, i hopp om ett litet tecken, en aldrig så tunn ledtråd.

16

Just när hon skymtade samhället i Långsund såg hon den lilla grusvägen till höger. Simon hade skickat henne ett sms sent igår kväll: *Johan Kristoffersson – ELLER Kristiansson? Nåt sånt! Puss och kram!*

Hon körde sakta. Det låg några sommarstugor och små enplanshus längs vägen, men inte många. Ett tiotal brevlådor stod på rad intill en sopcontainer. Närmare havet blev det konstigt nog ännu glesare mellan husen, kanske var det svårt att hitta tomtmark bland de grå bergen. När hon nästan var framme vid vattnet skymtade hon ett hustak bakom en sky av överblommad hagtorn, det var nog den där Johans hus. Hon fortsatte ner till en minimal grusplan alldeles nere vid vattnet, där hon med nöd och näppe lyckades vända Johannas Mini Cooper. En ensam bil stod parkerad lite längre bort men den såg bortglömd ut. Den hade i alla fall stått där länge, vindrutan var täckt av ett tunt lager salt eller sand.

Där låg den. En lång smal träbrygga med höga pollare att förtöja vid, rätt ut mot havet.

Alice tog några försiktiga steg ut på bryggan, som för att försäkra sig om att den höll, trots att den såg helt stabil ut. Hon gick ut på nocken och såg sig omkring. Fri sikt ut mot leden, kala klippor ända ner till vattnet runt den lilla bukten. Inga andra båtar här inne,

inga förtöjningstampar eller andra tecken på att bryggan brukade
användas över huvud taget. Inte ett hus inom synhåll inåt land. Inte
en skymt av vägen. Här hade Sofie haft det lugnt och bra. Men hade
hon varit ensam? Kunde hon ha väntat på någon? Eller hade hon
blivit överfallen? Av en okänd galning?

Alice gick långsamt upp mot huset med samma känsla av att det
kunde finnas något svar på gåtan om Sofie, för den som kände hen-
ne och förstod sig på att tolka tecknen.

Minnet av Mary Mattson i sitt prydliga kök for genom huvu-
det, skärpan i pepparkornsögonen nedanför det vita håret: *Flyg ut i
mörkret! Spana efter Sofie på det sätt bara ni kan.*

Huset var litet och vitt med gröna fönsterbågar och låg myck-
et riktigt bakom en bergknalle. Hon öppnade den vitmålade trä-
grinden och kom in i en trädgård som såg helt övergiven ut, trots
blommande törnrosbuskar och rabatter med ringblommor, djup-
röda pioner och illblå riddarsporrar. Ägaren till huset skulle ju vara
utomlands så hon vågade smyga sig fram till verandan. Knackade
på dörren för säkerhets skull, om någon ändå skulle vara hemma.
Inte ett ljud. Hon gick tyst vidare i det höga mjuka gräset och kom
fram på baksidan.

– Och vem är du?

En stor och kraftig man i halmhatt flög upp från sin solstol. Han
såg rasande ut, mörkröd i ansiktet under solbrännan. Men han kan-
ske bara blev rädd, tänkte Alice i ett försök att lugna sig själv.

– Å, förlåt. Jag är god vän till Sofie, om du kände henne … hon
lånade bryggan här för en tid sen …

– Jag vet vem hon är. Vi var kolleger. Och jag har hört vad som
har hänt. Jag beklagar det djupt. Men jag har ingenting mer att säga.
Och vill vara ifred i mitt eget hus.

Han tog ett stort kliv närmare Alice.

– Jag är ledsen om jag …

– Stick härifrån bara. Försvinn, säger jag.

17

Hon gick med snabba steg ut genom grinden och stängde den efter sig. Men sen började hon springa, bara sprang så fort hon kunde, snubblade till varje gång hon försökte titta bakåt för att se om han följde efter henne. Hörde att grinden öppnades igen och insåg att han lätt skulle hinna ikapp henne på sina långa ben. Tårarna trängde fram i ögonen och skymde sikten, hon snavade igen och föll handlöst till marken. Fan! Det värkte i ena foten och ett ögonblick tänkte hon att hon var chanslös och lika gärna kunde ge upp, men hon reste sig och sprang haltande vidare.

Fick tag på bilnyckeln i jeansfickan och sjönk ner på förarsätet med dunkande hjärta. Och startade bilen direkt, än vågade hon inte pusta ut.

När hon kommit ut på stora vägen körde hon in till kanten och drog åt handbromsen. Satt helt stilla för att hämta andan och få ner pulsen samtidigt som hon sneglade bakåt mot vägkorsningen för att se om han skulle dyka upp. Efter en stund kom gråten, nästan som en befrielse efter all anspänning. Hon grät för att det gjorde ont i foten, för att hon fortfarande var alldeles darrig, för att den lilla viken med överblommad hagtorn kunde rymma så mycket ilska. Eller ondska. Hon såg mannens blick framför sig, hans uppspärrade ögon, den fientliga blicken. Vad var han för en människa? Hon hade förstås varit en idiot som gick in och snokade utan att ens veta vad hon letade efter. Men varför hade han blivit så ursinnig? Och hur kunde han låta så iskall när han visste vad som hade hänt Sofie?

Hon körde mycket långsamt på hemvägen. Men hon var fortfarande omskakad när hon till slut kunde sätta sig vid datorn för att jobba ett par timmar, klockan var trots allt inte mer än två. En stort uppslagen rubrik i lokaltidningens nätupplaga fick henne att haja till: "Gravlax misstänks ha orsakat dödsfall". Av artikeln framgick att "en man i trettioårsåldern" hade avlidit efter att ha kommit till akuten på söndagen med svåra smärtor och att läkarna misstänkte att det rörde sig om botulism. En faktaruta bredvid förklarade: "Botulism orsakas av ett gift som är ett av de starkaste som finns. Ett snapsglas rent botulinumtoxin skulle räcka till att döda hela Sveriges befolkning. Giftet ger förlamningar i bland annat andningsmuskulaturen."

Alice ryste till. Tanken på hur David hade haft det på slutet var outhärdlig.

Hon gjorde ett tappert försök att börja skissa på naturhamnsjobbet för femtielfte gången. Men det var omöjligt, hon kunde inte koncentrera sig på något som verkade så förhållandevis oviktigt. Hon undrade hur den stackars Ebba kunde ha det, med sin hysteriska morsa och barnen som förlorat sin pappa … och reste sig igen. Hon måste gå ner och se om det var något hon kunde göra.

Ebba satt i soffan med båda barnen och tittade i ett fotoalbum. Alice noterade att hon hade svart linne, svarta jeans, svarta sneakers. Säkert medvetet och så typiskt Ebba, att hålla stilen, mitt i sorgen.

– Vi ska välja ut finaste bilden på pappa, förklarade Lilly.

– Men det är så svårt för att han är så fin på alla, fortsatte Lucas.

– Välj ut fem stycken så kan vi välja bland dem sen, föreslog Ebba och flög upp ur soffan för att krama om Alice.

De slog sig ner i köket. Mamman var nere vid bryggan och tog ett dopp.

– På något sätt går det, sa Ebba. Det måste gå. Vi bryter ihop ibland, både barnen och jag, men vi försöker alltid trösta varandra. Det har blivit som en grej, ett avtal, som funkar för oss alla tre. Men det är en sak jag måste berätta för dig som du inte får säga till någon annan.

– Jag lovar.

– David kunde ju knappt prata på slutet, det var nästan det värsta … men det var något han försökte säga till mig flera gånger, något som verkade viktigt för honom. Det blev faktiskt det sista han sa. Och det var något med "Simon", det är det enda jag är helt säker på, "prata med Simon" eller något sådant. Inget mer. Men jag orkar ingenting just nu så det får vänta lite. Jag fick ett sådant fint kondoleansbrev från honom och Kristina, och de kommer ju hit redan på onsdag. Men jag ville bara höra om du har någon aning om vad han kan ha menat?

Alice skakade på huvudet. "Prata med Simon" … kunde det ha varit något annat han hade sagt, som lät ungefär likadant? Pratat med Simon? Tjata på Simon? Hatade Simon?

– Nej. Tyvärr, jag har ingen aning. Men jag ska tänka efter, jag kanske kommer på något. Är det inte något annat jag kan göra?

– Inte just nu, men tack för att du kom, alla andra är så himla rädda för att störa.

Alice gick raka vägen hem, så fort hon kunde med sin onda fot. Hon hade fortfarande inte lust att träffa någon på byn, kände sig nästan folkskygg. Det var så svårt att hitta orden, när man så där i förbigående skulle säga något om de tragedier alla gick och tänkte på. Men hon märkte också att hon började bli rädd själv. Hon hade i alla fall blivit vaksam, gick och såg sig omkring på ett sätt som hon aldrig hade gjort förut.

Det här var hennes ö, här hade hon bott i hela sitt liv, här hade hon alltid känt sig trygg, var som helst, när som helst, även om hon var ute ensam mitt i natten. Hon hade aldrig känt sig hotad över huvud taget, inte ens när hon mådde som allra sämst i tonåren, den första tiden efter att hennes föräldrar hade dött. Då, när hon inte kunde förstå hur hon skulle kunna leva vidare utan vare sig mamma eller pappa, då hade det varit något helt annat, då hade panikattackerna kommit inifrån. Som explosioner i hennes eget hjärta. Men nu, nu betedde hon sig plötsligt som om faran kunde lura bakom vilken husknut som helst.

Tanken gjorde henne gråtfärdig: att hon gick omkring här hemma på Svartskär och var livrädd utan att ens veta var hotet kom ifrån. Döden hade slagit till två gånger, lika oväntat varje gång. Och kunde göra det igen.

18

*H*AVSKRÄFTOR *I* KVÄLL? *Erik kommer också, han bor hos mig. Hoppas att du kan!"* Sms:et från Yngve var det första som mötte henne när hon som vanligt kollade mobilen så fort hon hade vaknat. Hon tackade ja, direkt. Mest av allt tacksam över att få något annat att tänka på än det obehagliga mötet igår med mannen i Långsund.

Det var en fin morgon. Inte ett moln på himlen. Några segel redan ute på havet. Och foten gjorde inte ont länge. Hon tog ett snabbt bad vid bryggan innan hon satte sig på altanen med morgonkaffet för att kolla nyheter på sin padda. Det var flera medier som tog upp Davids död, de flesta som en anledning att redogöra för risken att drabbas av botulism. Hur farlig är gravlaxen? Vad du ska tänka på när du gravar lax och lägger in sill. Intervjuer med läkare och andra experter. Ingen nämnde Davids namn, men flera tidningar skrev att den döde var bosatt på Svartskär.

Efter ett tag lyckades Alice skaka av sig olusten och insåg samtidigt att hon skulle hinna ta en tur norrut för att få de sista bilderna till naturhamnsreportaget. Hon packade ner kameror och matsäck och skyndade sig ner till bryggan där hon hade sin illröda plasteka med utombordare. Hon hade tur: havet var lugnt, hon kom snabbt upp till Gåsöskärgården och i hennes favoritvik låg en enda segelbåt för ankar. En ketch, liten och vacker med sina två master, mitt i viken med fri sikt mot horisonten. Ingen var ombord men hon fick en rad fina bilder från alla upptänkliga vinklar. I en skyddad vik mot söder låg ett par små motorbåtar förtöjda intill varandra. Släta slipade klippor. En liten sandstrand. Silhuetter av några badande människor i motljus, långt borta.

När hon kommit iland gav hon sig inte förrän hon fått bilder som förmedlade något av den känsla hon själv hade: att göra ett strandhugg i ett paradis på jorden. Hon lade formuleringen på minnet, Strandhugg i paradiset, tänkbart som rubrikförslag.

Det var först när hon körde hem igen som hon tillät sig att tänka tillbaka på första gången hon hade varit på de här öarna. Det var tillsammans med Sofie. Och med Lazuli.

Det vackra vädret höll sig kvar.

På kvällen var det helt vindstilla och Alice njöt av att kunna ta på sig en tunn sommarklänning. På väg till Yngve kände hon sig förväntansfull, nästan upprymd. Erik och Yngve stod och tog en drink i trädgården och sken upp båda två när hon kom.

– Vacker som en sommardag, sa Erik och pussade henne på kinden.

– Den absolut vackraste dagen på hela sommaren, fortsatte Yngve och pussade henne på båda kinderna.

Havskräftorna var förstås perfekta, nyfångade och nykokta, fortfarande lite ljumma. De satt ute i trädgården och åt, och de hade trevligt, nästan som förut, innan allt hade börjat hända. Pratade och skrattade på ett sätt som åtminstone inte Alice hade gjort de senaste veckorna. När det blev svalare i luften samtidigt som samtalet blev alltmer personligt, bestämde de sig för att ta kaffet inne i huset.

– Jag skulle vilja veta mer om Sofie, sa Yngve när de hade slagit sig ner i hans kök där man hade utsikt över hela hamnen. Hur var hon?

Erik såg sammanbiten ut men började berätta. Hela hösten efter gymnasiet hade han och Sofie varit tillsammans, tre månader som han mindes som ett enda långt kärleksrus. Hon var bra på allt, intresserad av det mesta, nyfiken och passionerad på ett sätt han inte ens hade kunnat föreställa sig. När hon sen gjorde slut, det var på Luciadagen, den 13 december, då rasade allt. Han föll ner i ett djupt mörker som han inte lyckades ta sig ur förrän långt senare. Och nu, när hon var borta, hade han hamnat i samma nattsvarta mörker igen.

– Jag trodde att det var historia, att jag hade kommit över det för längesen, sa Erik och rätade på sig. Men det var något särskilt med Sofie, hon fick mig att bli den jag ville vara. Jag behövde inte alls dölja min gamla osäkerhet bakom skämt och skojs, som jag ju alltid gjort. Självkritiken rann liksom av mig, jag var bara stolt och lycklig. Och nu känns det som om jag aldrig kommer att kunna känna det jag kände för Sofie för någon annan. Jag skämtar och busar, folk skrattar … men själv skrattar jag nästan aldrig.

Yngve och Alice satt mest och lyssnade, Erik behövde få berätta.

– Jag sörjer också varje minut, sa Alice lite senare. Och det tar tid innan sorgen blir uthärdlig. Ingenting blir sig riktigt likt.

– Hur mycket träffades ni efter att ni hade gjort slut? frågade Yngve.

– Inte ofta. Men vi höll kontakten och fortsatte att vara vänner. Hon betydde mycket för mig. Och de få gånger vi träffades hade vi otroligt kul. Sista gången vi sågs verkade hon enormt glad och lycklig. Det smittade liksom av sig på mig.

Alice berättade också om sitt möte med den hotfulle mannen i Långsund och fick verkligen veta hur dumt hon hade burit sig åt. Både Erik och Yngve tvingade henne att lova att inte utsätta sig för sådana risker igen. Men Erik, som gjort sig känd som vänkretsens ”superhacker” och hade ett eget litet techbolag, erbjöd sig att försöka kolla upp vem mannen var, utifrån de minst sagt ofullständiga uppgifter Alice kunde ge honom.

– Och Patrik! Se vad du får fram om Patrik Womer!

Alice hade bara råkat tänka på Patrik som lämnat återbud till festen.

– Inget ont om honom, lade hon till för att ursäkta sig, jag bara undrar.

Klockan hade passerat midnatt när Erik gick och lade sig.

Efter en stund tyckte Alice att det var dags för henne att gå hem också. Yngve följde henne ut på glasverandan, precis som förra gången. Men nu slog han armarna om henne, stillsamt och försiktigt som för att försäkra sig om att hon också ville, och smekte hennes rygg, ner över höfterna samtidigt som hans läppar sökte sig fram till hennes. Hon besvarade kyssen med en sorts hunger hon sällan hade känt, ett våldsamt begär. Deras kroppar hade börjat röra sig rytmiskt mot varandra när Yngve hejdade sig och viskade mot hennes hals: "Är du säker på det här?"

19

Hon sträckte långsamt på sig och var rätt nöjd med att vakna i sin egen säng. "Är du säker på det här?" Frågan hade brutit förtrollningen men inte hennes hisnande begär. Lusten, den rena lusten. Hela hennes kropp hade velat stanna i hans stora famn, men till slut hade hon mumlat:

– Mm, jag är helt säker men kanske inte just nu.

– Inte än.

– Men sen.

De hade kyssts igen, kysst varandra god natt.

Hon längtade redan efter honom. Men de skulle kanske vänta lite, ge sig själva en chans när livet inte var fullt så kaotiskt. Eller åtminstone tills någon gång när de inte hade druckit så mycket vin. Visst kunde de ha tröstat sig med lite tillfälligt sex, men med honom ville hon mer, så kände hon just nu. Kanske till och med mycket mer, men det fick ta sin tid, det också.

Erik hade följt med Yngve ut på sjön. Alice måste jobba, hon hade lovat att skicka sina bilder och en text till naturhamnsjobbet senast måndag, alltså redan i morgon.

Hon gick ut till hällarna på utsidan med badhandduk och sin padda. Det var inga maneter inom synhåll och samtidigt lite varmare i vattnet så hon simmade långt, för första gången den här sommaren. Sen tog hon fram bilderna från Gåsöskärgården, valde ut de allra bästa och skrev några korta texter. Efter ett par timmar bestämde hon sig för att hon hade gjort tillräckligt och att hon fick tänka på Sofie i stället. Erik hade envisats med frågan hon själv skyggade för: "Om det visar sig att hon inte har drunknat och att det inte är en olyckshändelse, vad är det då som har hänt? Självmord? Dråp? Eller mord?"

Både Yngve och hon hade försökt dämpa honom igår men nu försökte Alice tänka tankarna till slut. Allt verkade lika omöjligt. Att Sofie skulle ha tagit sitt liv gick inte ens att föreställa sig. Hon fick börja med att försöka reda ut vilka män som skulle kunna vara pappa till barnet? Kända och okända.

Hon skulle fråga Erik om det fanns någon möjlighet att kolla om Sofie hittat någon via en dejtingsida. Men Marco? Skulle hon ringa honom? Varför inte? De hade ju träffats massor av gånger när han var tillsammans med Sofie och det var inte ens säkert att han visste om att hon var död. Det hade han all rätt i världen att få veta. Och i bästa fall skulle hon våga fråga om han hade träffat Sofie på senare tid.

Hans mobilnummer hittade hon direkt. Han var fysioterapeut med egen praktik i Mölndal.

– Marco.

– Hej, det är Alice, om du minns mig, jag …

Han avbröt henne för att säga att han självklart kom ihåg henne. "Dessutom som en ovanligt charmerande person", preciserade han lite galant och frågade sen hur det stod till med Sofie nu för tiden.

– Då vet du inte?

– Vet vadå?

– Att hon är död.

– Neej …

Marco skrek till som om hon hade stuckit kniv i bröstet på honom. Ett förtvivlat skrik. Efter en kort stund fortsatte Alice trots att det kändes som om hon bara vred om den där kniven:

– Hon var ute och seglade, ensam. Och hittades död lite senare. För ett par veckor sen.

Marco hade sett något om en kvinna som hittats död i vattnet men inte satt det i samband med Sofie. Hans förtvivlan verkade äkta. Så småningom vågade Alice fråga om det var längesen han hade träffat Sofie.

– Ja, tyvärr. Det blev ett tvärt slut på vår kärlek. Den var speciell, fantastisk så länge den varade … Men jag har inte träffat henne sen dess.

Senare på eftermiddagen ringde Yngve från båten. Erik och han hade varit ute och dörjat och fått en hel del makrill. De undrade bara om hon ville komma och äta middag med dem.

20

Det hade blivit en fin kväll hos Yngve igår också, men omtumlande.

Erik hade träffat Yngve en hel del genom åren, hade alltid gillat att vara ute med honom i båten. Här, hemma hos Yngve, blev det påtagligt hur nya Yngve och Alice var för varann, trots att de bodde på samma ö. Som när Yngve plötsligt sa något om hur rolig Erik hade sett ut under fisketuren i en liten, trång jacka. "Du hade visst fått Wilmas oljejacka på dig?" Och Alice hade fått svårt att fästa blicken.

Yngve hade berättat direkt, om sin dotter Wilma som var tio år gammal. Alltså född samma år som hon själv hade förlorat sina föräldrar, noterade Alice. Men äktenskapet hade blivit kort. "Svartskärsborna hann knappt märka att jag var gift, jag bodde ju i Göteborg på den tiden", konstaterade Yngve med en snabb blick på Alice. Efter skilsmässan hade Wilma och mamman flyttat till London och blivit kvar där ända tills nu. I höst skulle Wilma börja i svensk skola, i Göteborg.

"Men hon har ofta varit här på somrarna och vill bo här ännu mer nu, säger hon. Du måste lära känna henne, Alice."

Yngve såg forskande på Alice. Till sin egen förundran kände hon både lättnad och nyfikenhet. Yngve hade okända erfarenheter, han var något mer än den snyggt väderbitne, ständigt närvarande ensamfiskaren på Svartskär. Han hade en liten Wilma.

Alla tre hade blivit alltmer personliga, pratat på om hur de själva hade påverkats av Sofies och Davids död, om sorgen, saknaden och stämningarna på ön. Den jobbiga ovissheten och alla vaga misstankar.

Alice hade erkänt att hon hade blivit ängsligare, att hon kunde bli rädd bara hon mötte en okänd människa eller gick ensam hem i mörkret. "Det är ju fullkomligt rationellt", hade Erik sagt. "Om det ligger något brott bakom något av dödsfallen måste det ju också finnas en farlig person, kanske här på ön, kanske en mördare."

Den där – egentligen självklara – repliken kunde hon inte skaka av sig. Men hela kvällen hade hon samtidigt haft en känsla av att hon och Yngve hade en egen, dyrbar hemlighet. Hon längtade efter hans sätt att se på henne, att röra vid henne och att lyssna. Hon fick alltid en känsla av att han inte missade en nyans i det hon sa eller ville förklara.

Efter morgondopp och morgonkaffe fick Alice iväg sin plan för jobbet med naturhamnar. Med foton, bildtexter och rubrikförslag. Det får duga så här, tänkte hon med ett lättsinne hon inte kände igen. Nu fick det bli en tur med kajaken runt ön och sen skulle hon gå och hälsa på Malou och Bertil. Det hade hänt så mycket de här dagarna att det var på tiden.

– Alice! Vi pratade just om dig. Kom in!

De skulle just dricka förmiddagskaffe och Alice tackade ja till en kopp. På skänken inne i kammaren stod en vas med blåklockor bredvid ett inramat foto på Sofie. När Alice gick genom rummet följde Sofies ögon henne med blicken. Det var en märklig känsla, trots att hon mycket väl kände till fenomenet och själv brukade be folk titta rakt in i kameran när hon tog porträttbilder. Som om Sofie såg just henne och vad hon gjorde.

– Så bra att du kom, sa Malou. Du förstår, Fanny ringde i morse och sa att hon och en kollega skulle komma ut idag för att ge oss en lägesrapport, som hon sa. De kommer hem till oss vid tretiden och vi sa just att vi skulle fråga dig om du kan vara med. Det skulle kännas skönt. Det är ju så mycket man undrar. Och det är så lätt att missa någonting när man är lite uppriven.

– Ja, fortsatte Bertil som inte verkade lika apatisk längre, den där obduktionen kan tydligen ta hur lång tid som helst. Och vi måste ju få veta hur vi ska göra med begravningen.

– Självklart, sa Alice, jag kommer tillbaka då, vid tretiden. Det gör jag gärna, jag tänker ju också hela tiden på Sofie och hur det kan ha gått till.

Bertil berättade också att de inte skulle få tillbaka Lazuli förrän om två veckor. Men det gjorde ingenting, det fick gärna dröja, sa han. Båten var fortfarande så förknippad med olyckan att de knappt visste om de ville ha den kvar.

– Det är väl ingen brådska. Men vill ni ha hjälp med det eller något annat så säg bara till.

Alice kramade om dem och skyndade sig till affären för att hinna handla lite innan hon skulle vara tillbaka. Vid mjölkdisken kom Vilhelm fram och ville prata. Han tog tag i hennes båda händer, såg henne i ögonen och frågade hur hon hade det.

– Tack det får gå. Man får ta en dag i taget.

– Torsten på Bohustidningen ska visst komma hit i morgon. Han brukar ha väldigt bra koll på vad polisen har för sig. Jag tror att det gäller Sofie.

– Usch då.

– Du vet inget nytt? Om Sofie?

– Nej, ingenting.

När Alice kom tillbaka till Bertil och Malou satt Fanny och den andra polisen redan i köket.

– Stefan Markström, kriminalinspektör. Jag hörde att Bertil och Malou vill att du ska vara med vid vårt samtal och det är helt okej. Vi litar på att ingen av er sprider uppgifter som kan vara betydelsefulla för polisutredningen.

– Polisutredningen? frågade Malou och Alice med en mun innan Alice ens hade hunnit sätta sig ner.

– Ja, det är så här, sa Stefan Markström och harklade sig. Det har kommit fram en hel del uppgifter som tillsammans tyder på att det inte rör sig om en drunkningsolycka. Och eftersom det därmed finns en misstanke om brott kommer vi redan idag fatta beslut om att inleda en förundersökning. Det blir jag som leder den, så länge vi inte har någon misstänkt gärningsperson. Det kan alltså bli en åklagare som tar över senare.

Han gjorde en paus som för att låta budskapet sjunka in. Malou sträckte sig efter Bertils hand. Det blev Alice som bröt tystnaden.

– Men vad är det ni har fått fram? Vad är det ni misstänker?

– Vi misstänker brott, det räcker i det här läget. Obduktionen är alltså inte klar, men rättsläkaren har informerat oss om att den avlidna av allt att döma var död redan när hon hamnade i vattnet. Och man har fastställt tidpunkten för dödsfallet till någon gång sent på söndagskvällen den sjunde juni.

Bertil, Malou och Alice drog efter andan, samtidigt.

– Tillsammans med andra oklara omständigheter ger det oss skäl att utreda dödsfallet snarast möjligt. Och vi kommer att vilja höra er som anhöriga, kanske som målsägare eller vittnen. Det gäller dig också, Alice. Troligen redan på torsdag.

Det blev tyst igen runt bordet.

– Men det var en sak till, påminde Fanny.

– Javisst, fortsatte kriminalinspektören, jag vet ju inte om ni är informerade om den saken … men obduktionen visar också att Sofie var gravid. Av allt att döma i tredje månaden.

21

”Polisen har inlett en förundersökning för att utreda om-
ständigheterna kring en ung kvinnas död tidigare i somras. Man
misstänker nu att det kan finnas ett brott bakom dödsfallet, säger
polisen i ett pressmeddelande.”

Alice stannade till vid radion, blick stilla.

Hon hade blivit kvar länge hos Sofies föräldrar, flera timmar av
frågor och försök att förstå. De hade inte haft en aning om att Sofie
väntade barn. Och de hade inte heller hört något om att hon skulle
ha träffat någon ny man, efter Marco. Men de blev i alla fall lättade
när de fick veta att Sofie hade varit så jublande lycklig över sin gra-
viditet, Alice hade fått beskriva det flera gånger. Och de försäkrade
att sorgen efter Sofie inte kunde bli djupare än den redan var, de
skulle försöka låta bli att gräma sig över att ett barnbarn hade ryckts
ifrån dem innan det ens var fött.

Alice var lika omtumlad som Bertil och Malou över beskedet om
förundersökningen, att polisen faktiskt misstänkte ett brott. Polisen
trodde alltså att någon, på något sätt, var skyldig till Sofies död.
Kanske mördat henne. Nu skulle väl polisen försöka spåra pappan
till barnet, den okända pappan …

Hon ringde upp Johanna.

– Johannas klippstuga.

– Hej, det är jag. När har du tid att prata?

– Inte förrän i kväll. Jag har kunder hela dagen. Jag kommer hem till dig efter middagen.

Redan samma eftermiddag fick Alice ett sms från polisen med en kallelse till polisförhör på torsdag. På polisstationen inne i stan, klockan 15:00. Hon ringde Malou och fick veta att de också fått en kallelse, de skulle vara där en timme tidigare.

På Alices Facebooksida hade det dykt upp ett nytt ansikte bland de gamla vanliga bilderna på "Personer du kanske känner": Marcos. Två gemensamma vänner. Hon blev nyfiken och kom in direkt på hans sida. Han verkade inte särskilt aktiv, det var glest mellan hans egna inlägg. Hon skrollade snabbt ner men hejdade sig plötsligt. Sofie! En ganska nytagen bild på Sofie i randig tröja. Och vid hennes fötter låg en brun labrador. Ingen bildtext.

Alice blev kallsvettig. Marco hade ju sagt att han inte hade träffat Sofie sen de gjorde slut och det var långt före jul. Och så hunden … en brun hund. Hon reste sig hastigt och småsprang ner till hamnen. Pietro stod utanför pizzerian och satte upp en skylt med reklam för dagens pizza med valfri dryck.

Hon letade fram bilden på Marco.

– Var det han? Var det han som frågade efter Sofie förut?

– Ja, jag känner igen det där krulliga håret. Det var han som hade en hund med sig i båten.

Alice såg att Yngve stod i sin båt och fixade med några flöten till kräftburarna. När han fick se henne på kajen log han så förtjust mot henne att hon blev alldeles varm. Han hade just kommit in efter att ha varit inne i stan och levererat dagens fångst.

– Det gick bra idag, jag drog över fyrahundra burar och fick stora fina havskräftor hela vägen.

– Toppen, sa Alice, jag skulle gärna följa med dig ut någon gång om jag får. Du har väl hört att polisen har inlett en förundersökning om Sofie. Johanna och jag ska träffas i kväll för att prata lite om det.

Men vi kanske kan ses i morgon? Kom förbi när du vill.

Johanna satte sig i kökssoffan med en ljudlig suck.

– Jag bara pustar ut, det har gått i ett idag.

Alice slog upp var sitt glas vin åt dem och började berätta. Om förundersökningen, polisförhören på fredag, samtalet med Marco och hans nytagna bild av Sofie. Hon erkände också sitt pinsamma besök hos Sofies hotfulla kollega utanför Långsund och berättade också lite om Erik, hur bedrövad han hade varit.

– Herregud! utbrast Johanna när Alice var klar. Det var det värsta. Men vet du varför de ska förhöra dig? Du är väl inte misstänkt för något?

– Nej. Inte för att det står vare sig det ena eller det andra i kallelsen men jag gissar att Fanny vet att jag kände Sofie så väl och också hennes vänner och bekanta. Men det är det som är så läskigt. Jag vill inte tipsa polisen om en massa oskyldiga stackare som kanske inte har något med det här att göra. Faktum är ju att det är många som har varit förälskade i Sofie. Men de ska väl inte behöva bli misstänkta för det …

– Inte för mord. Men kanske för att vara pappa till barnet? föreslog Johanna. Och det där med Marco var ju konstigt. Kan han verkligen ha varit här i midsomras och frågat efter henne?

– Vet inte, men Pietro verkade absolut säker. Och jag är säker på att Marcos förtvivlan var äkta, när jag pratade med honom i telefon. Om man nu kan vara säker på någonting …

– Men det där fotot på Sofie och hunden, kan inte det ha varit en gammal bild?

– Nej. Jag ser det på håret, det är så långt. Och jag vet precis när hon köpte den där rödrandiga tröjan. Det var i våras.

22

Alice tog sin skottkärra och skyndade sig ner till bussen för att möta Simon och Kristina, som skulle komma med hela sin semesterpackning. De hade som vanligt lånat ut sin bil till Simons syster över sommaren. Utanför Svartskärsboden stod Vilhelm som just hade satt upp nya löpsedlar vid ingången. På långt håll såg Alice ordet: MORD. När hon kom närmare bekräftades hennes farhågor. "Polisen misstänker mord på seglarkvinnan."

Hon gick in i affären och köpte tidningen.

– Ja, han var ju här igår, Torsten på Bohustidningen, men jag tror inte att det var så många som ville säga något, sa Barbro som satt i kassan. Folk pratar ju mycket men det är inte så många som vill bli intervjuade. Då kniper de ihop läpparna, skakar på huvudet och får plötsligt väldigt bråttom!

Egentligen stod det inte så mycket nytt i artikeln. Det var samma uppförstorade passfoto på Sofie. Och flygbild över skärgården med ett stort kryss på platsen där Lazuli hittats. Texten beskrev stämningen på ön som sorgsen. Den intervjuade polisen svarade att "man inte utesluter någonting" på frågan om man misstänkte mord. I övrigt hänvisade han till förundersökningssekretess. Men i slutet av artikeln stod det också att man skulle göra en ny, mer grundlig teknisk undersökning av segelbåten. "Vad det nu kan ge, efter att den har varit på varv i flera dagar", tänkte Alice.

Hon hann precis. Simon och Kristina höll på att lyfta ut alla sina väskor och kassar från bussens bagageutrymme, när hon kom. De släppte allt när de fick syn på henne och sprang fram och kramade om henne, länge och väl. Kristina hade klippt sig och var ännu snyggare i kortkort, nästan snaggat hår. Och Simon var somrig i samma urblekta blå bussarong som han hade haft i alla år.

Alice följde med dem ner till stugan där dörren stod öppen och Ebba väntade på dem. Hon såg blek ut men sken upp när hon fick syn på dem.

– Välkomna, kom in. Jag tog faktiskt med en flaska bubbel.

– Härligt att vara här, trots allt, sa Kristina. Vi har tänkt så mycket på dig. Och på David, vi har så många fina minnen av honom.

– Vi börjar med en skål för dem som inte längre finns, föreslog Simon.

Det blev en lång tystnad efter skålen men sen kom samtalet igång igen. Simon hade varit ovanligt dämpad, tänkte Alice när hon så småningom gick därifrån. Men det hade varit trevligt, nästan som vanligt.

Vid lekparken stötte hon ihop med Yngve som hade varit och knackat på hemma hos henne.

– Där är du ju!

– Och du med! Vill du äta middag med mig så kan vi nog få ihop något, sa Alice lite för snabbt och hoppades att han inte missförstod henne.

Det blev en carbonara. Och rödvin. De hade kommit till kaffet och Alice hade just talat om för Yngve att hon gruvade sig inför morgondagens polisförhör, när hon fick ett sms från Erik: kolla din mejl.

– Oj, det är ett jättelångt mejl. Han har fått fram något om Patrik Womer och Johan Kristoffersson. Jag måste läsa det nu.

För att inte vara oartig mot Yngve föreslog Alice att de skulle sätta sig i kökssoffan så att han också kunde få läsa, samtidigt. De hade ju pratat med Erik båda två.

Erik hade gjort en strikt rapport om de uppgifter han hade hittat, utan några kommentarer annat än ett antal varningar för vissa mycket osäkra källor. Rapporten började med Johan Kristoffersson, född 1972 i Kungälv, bosatt i Göteborg, fritidshus på Tjörn. Lärare i franska och spanska, tjänstledig under våren. Aktiv i flera föreningar, en fotbollsklubb, en stödgrupp för ensamkommande flyktingbarn, en kyrkokör. Skild. En vuxen dotter. Många utlandsresor (Frankrike, Spanien, Sydamerika, Nordafrika). Inte särskilt aktiv på nätet men täta kontakter med Sofie under det senaste året.

– Han låter ju inte direkt folkilsken i alla fall, mumlade Yngve innan de övergick till uppgifterna om Patrik Womer. Född 1992 i Uddevalla, bosatt i Göteborg. Tandläkare med egen praktik. Förekommer någon gång under sitt alias "Bowler" på några mer eller mindre obskyra sajter med både främlingsfientligt och kvinnofientligt innehåll. Medlem i en båtklubb. Fått böter och en varning för fortkörning. Har haft sporadisk kontakt med Sofie under flera år.

De satt tysta en lång stund. Alice kände Yngves jeanslår mot sitt och hans arm bakom sin rygg.

– Vad gör vi med det här?

– Inte vet jag.

De såg på varandra och brast samtidigt ut i ett skratt som måste ha varit nervöst, tänkte Alice. De villrådiga amatördeckarna, det villrådiga kärleksparet … Hon ångrade nästan att de hade gett sig långt in i andra människors privata liv.

– Är det någon av dem som Sofie har varit tillsammans med är det i alla fall inte Patrik, konstaterade Alice.

Yngve fortsatte att smeka hennes överarm, med handryggen, nästan förstrött. Alice lät det ske, kände hur lusten spred sig i kroppen, och när hans hand sökte sig upp över hennes bröst och upp mot halsen, släppte hon alla tankar.

23

Hon satte sig långt bak i bussen med hörlurarna som skydd mot omvärlden. Lyssnade på Avici, men på låg nivå, nu måste hon förbereda sig mentalt på polisförhöret. Att tiga skulle vara ett svek mot Sofie, att tala kunde vara skvaller eller i värsta fall angiveri. "Berätta allt du vet", hade Yngve sagt, "men var försiktigare med det du tror." Minnet av hans raspiga röst fick henne att längta intensivt efter honom igen.

Hon hade aldrig upplevt något liknande. Så mycket passion och så mycket ömhet. Han hade blivit kvar hos henne hela natten, de hade älskat gång på gång, inte kunnat få nog av varandra. På morgonen hade hon följt med honom ut och dragit hans kräftburar, de hade gått i land på det yttersta skäret, badat och älskat igen. Tillsammans med honom kände hon sig lätt som fågel men stark, rentav lycklig.

– Ändhållplats.

Alice fick bråttom ut ur bussen och sprang in på polisstationen. I entréhallen mötte hon Malou och Bertil som såg medtagna ut, båda två.

– Vi hörs sen. Vi blir kvar på ön ett tag, så kom förbi när du vill.

Det var Stefan Markström som tog emot henne. Han var lika formell och fyrkantig som sist, men det var nästan skönt, tyckte Alice.

På något sätt lite enklare för henne. Han gick nästan direkt på sin första fråga:

– När såg du Sofie för sista gången?

– På torsdagen, veckan innan hon försvann.

– Känner du till någon som träffade henne senare?

Alice fick redogöra för Sofies segling med Simon och att Kristina hade hämtat honom vid bryggan.

– Visste du att hon var gravid?

– Ja.

– Vet du vem som var far till det väntade barnet?

– Nej.

– Sa hon inte det?

– Nej, vi blev avbrutna den gången, jag skulle få veta mer sen.

– Vet du om hon hade något fast förhållande i början av mars i år?

– Nej.

– Eller vilka män hon kan ha träffat vid den här tiden?

– Nej, jag vet faktiskt inte. Vi sågs inte då, jag var uppe i Jämtland på ett jobb i över en månad.

– Vet du om hon var sexuellt aktiv med många partners?

– Tror jag inte man kan säga. Hon var väldigt social, väldigt omtyckt men …

– Har du någon gissning som skulle kunna vara till hjälp när det gäller att hitta fadern till det väntade barnet?

– Nej … jag har ju funderat på det men jag vet faktiskt inte.

– Vi är förstås tacksamma för alla tips vi kan få. Och du kan alltid komma tillbaka till oss om du kommer på något som kan vara av intresse för utredningen. Men känner du till någon som skulle kunna ha en allvarlig konflikt med Sofie?

– Nej, absolut inte.

Sen ställde Stefan Markström en rad korta frågor om Sofies bekantskapskrets: vilka umgicks hon med? nära vänner? öbor? kolleger? pojkvänner eller andra förhållanden? Alice svarade så fåordigt hon kunde. Men innan hon gick vågade hon fråga om man hade hittat Sofies dator och telefon.

– Nej inte än, men vi ska nog få fram något ändå.

– En sak som jag undrar mycket över den där bilden som hon skickade mitt på dagen. Där ser det ju ut som att hon är ute på öppet vatten. Och ändå hittades hon så nära bryggan.

– Vilken bild? Har du den här?

Alice tog upp sin mobil och visade honom bilden på Lazuli under segel.

– Kan du skicka den till mig?

Alice skickade den direkt.

– Tack för det och hör av dig om du kommer på något mer.

Puh! Vilken pärs.

Torghandeln var i full gång när Alice kom ut från polisstationen. Hon bestämde sig för att köpa jordgubbar, det kunde hon och Yngve behöva.

– Alice?

Hon hade just valt ut ett par kartonger när hon hörde sitt namn. Hon tittade åt sidan. En man i hennes egen ålder, solbränd, tjockt bakåtstruket hår, dyr marinblå tröja över axlarna trots värmen. Och med något bekant över sig.

– Patrik?

– Visst! Det tar lite tid att känna igen varandra efter några år. Men du är dig lik, lika snygg. Hemskt ledsen över det här med Sofie. Men jag är faktiskt på väg ut till Svartskär med båten. Vill du ha lift?

Alice gjorde en snabb kalkyl. Bussen skulle inte gå förrän om två timmar, hon skulle tjäna massor av tid och dessutom slippa åka buss i hettan.

– Ja tack, det låter toppen. Har du båten här nere i gästhamnen?

– Yes! Jag är klar, vi kan gå direkt om det passar damen.

Hans båt var liten och svart med två enorma utombordsmotorer.

Båda två spände fast sig på sätena.

Så fort de hade kommit utanför pirarna satte Patrik full fart. Alice pekade förgäves på skyltarna med " Max 5 knop". Hon försökte säga något men motorbullret var för högt för alla samtal. Han valde den sydliga leden, rak kurs mot horisonten. När de passerade Svartskärs södra udde fortsatte han rätt västerut. Han kanske inte hittade? Trots att han hade sjökortet framför sig på skärmen? Alice vinkade för att visa att det var hög tid att gira styrbord. Patrik bara skrattade och log sitt bländvita leende.

– Vi ska ditåt!

Alice skrek.

– Jag vet, skrek han tillbaka. Men först ska du få åka!

Plötsligt blev Alice riktigt rädd. Var han bara en omdömeslös fartdåre som ville visa upp sig? Eller var han galen på riktigt?

Hans leende hade slocknat. Han såg obehagligt målmedveten ut.

– En liten utflykt skadar inte, skrek han och gjorde en skarp gir mot ytterskären.

– Jag ska hem, skrek Alice.

– Inte än!

De flög fram i fyrtio knop medan Alice försökte komma på vad hon kunde göra. Hon hörde Eriks ord ringa i öronen: "främlingsfientligt och kvinnofientligt". Kunde hon ringa Yngve? Kunde hon stoppa motorn? Skulle hon börja gråta och se om det hade någon effekt?

Det låg inga båtar på utsidan av skären. Men havet var lugnt och Patrik saktade in utanför en vik åt väster.

– Vad håller du på med? Vi ska ju till Svartskär, inte på någon jävla utflykt, röt Alice.

– Såja gumman, vi kan väl ha det lite trevligt på vägen, sa han och gjorde ett försök att klappa henne på kinden.

– Nej. Jag har helt andra planer. Och vill att vi kör direkt till Svartskär. Nu.

Hon kände att det här var ett ögonblick när han kunde bestämma sig, om han skulle ge upp – eller framhärda. I värsta fall bli våldsam.

– Ett litet dopp kan vi väl unna oss, sa Patrik och slet av sig sin pikétröja.

– Hoppa i du, så kör jag hem själv, svarade Alice.

– Var inte så säker på det. Jag har inte alls bråttom.

Alice hade fått fram mobilen. Ingen täckning. Hon reste sig för att pröva om det gick bättre framme i fören, när hon kände Patriks hand om sin hals. Hon skrek till:

– Vad fan gör du?

Han svarade inte, han höll fast henne med ena handen runt halsen och den andra om ryggen. Hon försökte slita sig loss och försökte sparka honom i skrevet, men det enda som hände var att båten krängde till. Hans grepp om henne hårdnade och plötsligt svartnade det för ögonen.

24

–Behöver du hjälp?

Först trodde Alice att hon hade drömt men sen slog hon upp ögonen. Den främmande rösten pratade tydligen med Patrik som stod upp i båten med ryggen mot henne. Patrik lät närmast hånfull när han svarade:

– Nej varför skulle jag behöva det? Det är lugnt.

Efter en stund förstod hon att rösten tillhörde en kille som hade kommit paddlande i sin kajak och stannat till intill båten. Hon såg fortfarande ingen annan än Patrik där hon låg nere på durken, yr i huvudet och alldeles matt. Hon gjorde ett försök att resa sig upp men orkade inte, inte än. Men hon hade ett vagt minne av att Patrik, alldeles nyss, hade stått lutad över henne på alla fyra.

– Nja, jag trodde först att båten låg och drev, jag såg ingen ombord, så jag skulle bara kolla, sa rösten.

Alice upptäckte att hennes skjorta var uppsliten och jeansen uppknäppta. Hon rättade till kläderna och den här gången lyckades hon sätta sig upp.

– Hej … sa hon med en röst som lät lika ynklig som hon kände sig.

– Å förlåt, sa killen i kajaken. Jag visste inte att ni var två ombord. Jag kom kanske och störde?

– Absolut inte, sa Alice, det var bara bra att du kom!

Så fort killen hade paddlat iväg och kommit utom hörhåll vände sig Patrik mot henne. Han såg nästan ut som om han skulle gå till attack, sköt fram huvudet och knöt ena handen, men stod kvar i aktern och sa anklagande:

– Vad i hela helvete var det där?

– Vad då, vad menar du?

– "Bara bra att du kom?" Vad skulle det betyda? Nu tror han väl att jag höll på att våldta dig eller något sådant. Du lät som om han kom och räddade dig från ett övergrepp … som om jag skulle vara någon jävla sexdåre!

– Nej, det sa jag faktiskt ingenting om. Men det är du som måste förklara dig. Vad var det som hände?

– Du tuppade av och jag gjorde vad jag kunde för att få liv i dig igen. Så enkelt var det.

Patrik såg verkligen förorättad ut.

– Men var du tvungen att slita av mig kläderna för det? frågade Alice, alltmer osäker.

– Lägg av innan jag blir förbannad. Har du hört talas om fria andningsvägar? Du har ett jävligt konstigt sätt att tacka någon som har försökt rädda livet på dig, det måste jag säga.

Längre kom de inte. Hon gav upp, ville bara hem. Och i motorbullret på hemvägen blev ingenting sagt.

Hon gick och lade sig ovanpå sängen när hon kom hem. Ovissheten gnagde i henne. Patrik kanske hade rätt. Hon hade själv ingen aning om vad som egentligen hade hänt. Bara ett klart och tydligt minne av sekunderna innan det svartnade för ögonen: hans hårda fingertoppar mot hennes hals.

Hon hörde steg i yttertrappan men orkade inte gå upp.

– Hallå?

Det var Yngve.

– Kom in, jag är i sovrummet.

Han kom in och fick höra allt. Kysste henne försiktigt på pannan.

– Hans båt ligger kvar, sa Yngve. Vill du att vi går ner och snackar med honom?

– Inte nu i alla fall, sen kanske.

– Då har jag ett annat förslag. Jag går hem till mig och gör middag och så kommer du sen och bor över om du vill. Så lovar jag att inte gå ner och döda den jäveln.

Sa han i dörren med ett leende som nästan fick henne att rusa upp och kasta sig över honom.

25

Först visste hon inte var hon var när hon vaknade. Ett högt vitmålat sadeltak. Ett stort gavelfönster. Men i nästa ögonblick kände hon hur gott hon hade sovit i Yngves famn hela natten efter den mardrömslika båtturen igår. Hon hörde att han rörde sig nere i köket. En kort stund låg hon kvar och njöt av det, men sen sträckte hon på sig, tog på sig trosor och en av hans skjortor och gick nerför vindstrappan.

– Hur känner du dig? frågade han och såg forskande på henne, när de hade kysst varandra länge och väl mitt på köksgolvet.

– Helt okej. Men skönt att vara här, jag är faktiskt lite darrig.

De satt fortfarande med sitt morgonkaffe när det knackade på dörren.

– Hallå?

Kristina stod på farstubron med ryggsäck och kylväska.

– Vi åker ut till skären nu. Kom efter om ni vill, vi tar Davids båt. Ebba vill att vi använder den tills hon har skaffat sig något annat.

Yngve och Alice tittade på varandra, som ertappade barn. Alice blev full i skratt, hon kunde läsa sina egna tankar i hans blick: egentligen vill jag bara vara med dig, men lite sociala måste vi väl ändå vara.

Vattnet var kristallklart, inte en manet inom synhåll. Alice dök från den branta klippan på udden, det gjorde gott, hon kände sig alltid lite pånyttfödd när hon dök från hög höjd utan magplask.

Hon hade valt att paddla ut, ensam, och nästan ångrat sig när hon såg att de andra hade lagt sig i viken där hon hade haft sin skräckupplevelse igår. Men det hade gått bra, Yngve hade hjälpt henne att dra upp kajaken på land och lyckats lugna henne. "Låt inte en galning som Patrik förstöra dina älsklingsplatser", hade han sagt, "gör dem till dina igen."

Hon skakade av sig vattnet i håret och gick tillbaka till de andra. De hade lagt en duk direkt på klippan och ställde fram kall potatis, sill och öl och kaviar.

– Här kommer Afrodite direkt ur havets skum, sa Yngve och log mot henne.

– Det var väl hon som var kärlekens gudinna? frågade Simon med en blick på Yngve.

– Det ser du väl!

– Ja, inte minst på dig, svarade Simon snabbt.

Det dröjde inte länge innan de började prata om Patrik och vad som egentligen hade hänt igår. Kristina var säker på att det handlade om svimning, orsakad av ett hastigt blodtrycksfall och förklarade att det i sällsynta fall kunde hända om man fick ett tryck mot ett visst ställe på halsen.

– Kan han ha gjort det medvetet? undrade Simon.

– Inte vet jag, det är i alla fall ganska känt, det är många ungdomar som skriver om det på nätet. Men vad vet du om vad han gjorde under sina "upplivningsförsök"? Märkte du om han hade gjort något över huvud taget?

– Han hade lagt upp mina ben på ett säte och slitit upp både jeansen och skjortan … Och han sa själv att han hade kollat att jag hade puls och andades.

– Men vet du om han tafsade på dig? Kan han ha utsatt dig för någon form av sexuellt övergrepp? frågade Kristina och lät som om hon försökte tala allvar med en ovillig patient.

Alice skakade på huvudet.

– Men han ringde inte efter hjälp?

Innan Alice hunnit svara ringde hennes mobil. Det var Patrik.

– Jag ville bara höra hur du mår. Och be tusen gånger om ursäkt. Är det något jag kan göra för dig?

– Nej, det tror jag inte.

– Kan jag komma upp?

– Jag är inte hemma. Är du kvar på ön?

– Visst. Jag har hyrt lillstugan hos Mary Matsson.

– Över helgen?

– Nej, jag stannar ett par tre veckor. Så vi ses säkert.

Alice suckade tungt. Så obehagligt att ha honom i närheten. Att inte veta. Hon tog Yngves hand.

– Du funderar inte på att polisanmäla honom? frågade Simon och satte sig upp. Även om det inte var ett våldtäktsförsök var det väl i alla fall något slags olaga frihetsberövande? Eller sexuellt övergrepp? Inte vet jag, men så där kan man väl inte bära sig åt. Ostraffat.

De satt tysta en stund allihop. Alice ryste till i högsommarvärmen. Kanske måste hon ändå tala ut med Patrik. Men absolut inte ensam.

26

Alice tog en omväg för att slippa risken att möta Patrik. Hon skulle hälsa på Bertil och Malou, som tyckte det var tungt att bara gå och vänta i den kompakta tystnaden under förundersökningen.

De sken upp när hon kom och föreslog att de skulle ta en kopp kaffe i trädgården.

– Du anar inte vem som ringde igår, sa Malou och sänkte rösten. Marco!

– Jaha?

Alice hoppades att hon inte låtit för ogillande.

– Ja, han var så gullig, han lät verkligen förtvivlad. Och han kommer hit i slutet av juli, han skulle ta en långtur med båten och lovade hälsa på.

Alice log, lite tillkämpat. Bilden av Sofie i sin nyköpta tröja med Marcos hund vid fötterna dök upp i huvudet. Vad visste han? Varför han hade inte sagt något om att han hade träffat Sofie i våras?

– Det var ju ett tag sen vi såg honom, fortsatte Bertil. Han hade visst varit här när vi var i Sydafrika. Men det var en fin kille. Han ville absolut vara med på begravningen också.

– Ni har inte hört något mer om polisutredningen?

– Nej, det kan man väl inte säga, sa Bertil. Men jag förstod på Fanny att de tydligen har fått tillgång till en del innehåll i Sofies mobil.

– Oj. Det måste ju vara ett framsteg … där finns ju alla mejl och sms och …

– Och Facebook och andra sociala medier, fortsatte Malou. Då bör vi i alla fall få reda på vem som var far till barnet. I alla fall så småningom.

– Jag är inte så säker på att jag vill veta det, muttrade Bertil. Men det är väl nödvändigt om man någon gång ska få klarhet i det här.

Alice hade hämtat paddel och flytväst och gick ner till bryggan där hon hade sin kajak. Hon skulle på tjejfest hos Johanna i kväll, men behövde först få vara ensam ett tag.

Ute på havet såg hon Patriks båt på långt håll, han var tydligen på väg mot Ytterskären och hade någon med sig i båten. En ung tjej, såg det ut som. Hon kände ett styng av oro, snuddade vi tanken att paddla ut och kolla men hejdade sig. Hon skulle inte leka polis.

Ännu längre ut såg hon något som kunde vara Yngves båt. Hon log för sig själv och greps direkt av lust och längtan efter hans röst, hans händer, hans blick på henne … Honom, tänkte hon, skulle jag kunna vara tillsammans med i resten av mitt liv. Tror jag. Det känns så.

De skulle äta inne i sjöboden. Men de började med att ta en drink ute på bryggan. När Alice kom höll Johanna just på att berätta något för Kristina och Ebba.

– Ida heter hon, barnbarn till Mary Matsson. Hennes föräldrar är på något slags vildmarkssafari i Kanada så hon bor hos Mary hela sommaren. Hon var hos mig för att göra bryn och fransar och verkade lite chockad över en kille som hyr hos Mary, en tillfällig sommargäst. Hon hade legat och solat på klippan nedanför huset när han hade kommit fram och hållit för hennes ögon.

– Det låter ju inte så våldsamt, kommenterade Kristina på sitt rationella sätt.

– Nej, men oväntat. Hon hade aldrig sett honom förr och undrade om han var lite konstig.

– Men det är ju Patrik Womer, sa Alice.

– Patrik? Vår gamla klasskamrat? Vad gör han här? frågade Johanna.

– Inte vet jag men han hyr hos Mary.

Alice fick återigen berätta om sin mardrömslika färd med Patrik.

– Det låter ju inte klokt, sa Johanna. Klart att du ska gå till polisen med det.

– Ja kanske. Det säger Yngve och Simon också. Jag känner bara att jag måste ta reda på vad som hände först, hans version, men jag har ingen lust. Jag vet ju ingenting, jag var ju helt borta. Så jag får se.

I sjöboden stod bordet dukat med porslinstallrikar på limegrön duk och ett litet glas med kaprifol mitt på bordet. De åt skaldjurspaj och sallad, drack vitt vin och pratade mycket. Om Sofie och David och vad de betytt för dem. Om alla killar som varit kära i Sofie genom åren. Ebba var tystlåten men berättade hur olika Lucas och Lilly hanterade saknaden efter sin pappa: Lilly sa inte mycket men satt ofta och tittade på fotot av honom, Lucas förklarade hela tiden vad David skulle ha sagt och gjort …

Plötsligt klingade Kristina i sitt glas. Hon såg ledsen ut.

– Nej, jag ska inte hålla tal, även om ni är värda det allihop. Men jag känner att jag måste berätta en sak trots att Simon bad mig att inte säga något, inte än.

Tystnaden var full av frågor. Kristina fortsatte.

– Simon är kallad till förhör hos polisen. Jag tror att det är för att han var en av de sista som Sofie i livet, helt enkelt. Men han är själv rädd, livrädd att det är honom de misstänker. Min stora starka Simon är helt förstörd.

27

Den här sommaren var en känslomässig bergochdalbana. Sorgen efter Sofie. Kärleken till Yngve. Och inte tog känslorna ut varandra, snarare tvärtom. Sorgen var fortfarande avgrundsdjup och kärleken kunde inte vara mer himlastormande. Sent igår kväll, när hon hade kommit hem från sin tjejfest, hade Yngve berättat om sitt korta och olyckliga äktenskap med Wilmas mamma. Men mest hade han talat om Wilma. Sällan hade hon hört en pappa beskriva sin dotter med så mycket kärlek.

De hade suttit uppe halva natten och nu hade han just gett sig ut för att dra sina burar. Alice satt fortfarande med morgonkaffe på altanen när telefonen ringde. Det var Ebba som undrade om hon kunde komma ner direkt.

Lucas och Lilly låg i vattnet med simpuffar och Ebba höll ett öga på dem från klippan ovanför bryggan. Som vanligt hade Ebba sina stora solglasögon, det verkade som om hon hade dem på sig så fort hon gick utanför huset.

– Tack för att du kom! Jag tänkte att det var lättare att prata här, när barnen har fullt upp. Båda två tänker lära sig simma i sommar och det har gått väldigt bra hittills.

Alice slog sig ner bredvid Ebba.

– Har det hänt något?

– Ja, det var en läkare som ringde från sjukhuset. Palm- någonting, Palmgren kanske, jag träffade honom flera gånger när jag var på sjukhuset … han sa i alla fall att de inte var säkra på exakt vad David hade dött av och att de kände sig tvungna att anmäla det till polisen.

– Sa han varför?

– Egentligen inte. Men jag tror att de tyckte att det var konstigt att det gick så snabbt, att de inte hade lyckats rädda honom trots att han fick ligga i respirator. De vill kanske bara få klarhet men det måste ju betyda att de misstänker någonting, att det inte är en vanlig matförgiftning. Och det är så hemskt … David som var så …

Alice lade armen om Ebba som ansträngde för att inte börja storgråta inför barnen.

– … och jag vet inte vad jag ska mig till, vad jag ska säga eller göra eller någonting.

– Du kanske inte behöver göra något alls just nu. Inte säga så mycket heller.

– Men jag fattar ingenting. Vem skulle kunna vilja göra David något ont?

– Det fattar inte jag heller. Men sa han inte något mer om det som hände med båtmotorn? Han var ju rätt säker på att det var sabotage.

– Nej, då hade han inte några misstankar mot någon särskild person. Men jag grubblar hela tiden på vad jag ska göra …

– Jag tror att du har nog med att stå ut med både sorgen och ovissheten just nu. Är det något särskilt jag kan hjälpa dig med?

– Nej, jag tror att jag ska vara själv med barnen. Koncentrera mig på dem.

– Lova att du ringer om det blir för jobbigt. Jag tar gärna med barnen på en badutflykt eller vad som helst.

– Jag lovar. Tack.

Alice gick ner mot hamnen, hon hade slut på kaffe och behövde handla. Vilhelm satt i kassan och undrade om hon hade hört det senaste. Hon stelnade till.

– Nej, vadå?

– Jag hörde bara att Simon skulle in på förhör till polisen ...

– Jo, det vet jag, men det är väl inte så konstigt. Han var ju en av de sista som träffade Sofie.

– Det är klart. Det kanske är skäl nog. Men känner du den där killen som bor hos Mary?

– Patrik? Ja, han gick ju i min klass. Kände du inte igen honom?

– När du säger det så. Men han verkar lite udda. Ida frågade mig om han var riktigt klok.

– Vet du varför?

Vilhelm stelnade till och tittade mot dörren. Det var Patrik Womer som just kom in och nickade glatt mot dem.

– Alice, vänta lite!

Hon var nästan hemma när hon hörde ropet och vände sig om. Det var Patrik. Han hade en liten matkasse i handen och hade tydligen sprungit ikapp henne.

Hon såg frågande på honom utan ett ord.

– Jag ville bara träffa dig och höra att du är okej.

– Visst. Jag mår bra. Men du skrämde mig faktiskt.

– Jätteledsen, Alice, det var verkligen inte meningen.

– Men hur kunde du, för det första, bara köra ut mot skären så där?

– Äsch, det var ju bara på skoj. Folk brukar tycka att det är kul när det går undan.

– Men du förstod att jag inte ville?

– Ville och ville ...

– Vad menar du?

Hon hade svårt att stå ut med hans blandning av ånger och bagatelliserande, och fortsatte i ännu skarpare ton:

– Jag vet ju inte ens vad du gjorde med mig där i båten ... och har du ingen bättre förklaring är jag rädd att jag måste anmäla ...

– Det var det jävligaste ... jag försökte rädda livet på dig och du har mage att hota med att polisanmäla mig för jag vet inte vad ... våldtäkt kanske?

Han tog ett steg fram mot henne.

– Det räcker nu, Patrik. Kommer du närmare så skriker jag.

– Gör inte det. Du kan vara helt lugn. Jag skiter fullständigt i dig, från och med nu. Du finns inte.

28

Alice gick ut i täppan och plockade några rosor som hon skulle ta med sig till Simon och Kristina. Hon skulle äta middag hos dem för första gången i sommar. "Känns bra att ha med någon som kan tänka lite klart", hade Kristina sagt. "Vi upprepar bara samma saker till varandra hela tiden."

Simon hade varit på förhör hos polisen på eftermiddagen och var tydligen ännu mer omskakad än Alice hade förstått. Kristina hade verkligen försökt få honom att inse att det var helt logiskt att man ville förhöra honom, helt enkelt för att han var en av de sista som såg Sofie i livet. Men Simon kände sig utpekad och misstänkt.

Det var en fin kväll men de höll sig inne i huset eftersom Simon ville kunna prata ostört om förhöret.

– Det var för jävligt helt enkelt. Jag kände mig smutsig och misstänkt. Som om de inte trodde på ett ord av det jag sa. Det var nog det värsta.

Det var Stefan Markström som hade lett utfrågningen. Robert Fjällgren hade suttit med hela tiden men knappt sagt ett ljud.

– Som om de hade avdelat en person att bara sitta och kolla hur jag bar mig åt. Och den där Markström frågade om precis allt. Vad Sofie och jag hade snackat om under dagen. Om vi hade badat. Om vi hade druckit något. Om hur stämningen hade varit ombord. Och jag sa ju bara precis som det var. Vi hade trevligt. Inga problem. Inga konflikter. Men det kändes hela tiden som de trodde att jag ljög. Fan, vad hemskt det var.

– Men så är det väl för de flesta, försökte Alice. Jag tyckte också att det var jobbigt. Men var det något särskilt som de verkade intresserade av?

– Nja, det var väl i så fall vad som hade hänt när vi väl var framme i Långsund. Hur dags du kom och hämtade mig, Kristina, och hur dags vi for därifrån. Vad vi gjorde sen, och jag sa bara som det var, att jag åkte hem och att Kristina blev inkallad till jobbet för en akut operation. Och om vi hade sett några andra personer i närheten. Men vi såg ju inte en människa.

– De kommer säkert att fråga ut dig också, Kristina, sa Alice. Du har inte hört något?

– Nej, inte än. Men det kommer säkert. Jag gissar att de förhör en massa människor – utan att de har några misstankar mot dem. Du ska inte oroa dig, Simon, de trevar sig väl fram, testar den ena hypotesen efter den andra. Lägger sitt pussel.

Simon lugnade sig så småningom och de kunde ägna sig åt både piggvaren och småprat om andra händelser på ön. Kristina ville veta hur mycket allvar det var mellan Alice och Yngve, och Alice försökte först svara undvikande men till slut sa hon som det var: ”Det känns som det är på riktigt, allvarligare än så här blir det inte. Och bättre kan det aldrig bli. Vågar knappt tro att det är sant.” Både Kristina och Simon kramade om henne. ”Klart du ska tro på det, tro på er!” sa Simon. ”Se på oss”, fortsatte Kristina, ”det finns kärlek som överlever förälskelsestadiet!”

Precis innan Alice skulle gå hem berättade hon om det otrevliga tjafset med Patrik igår eftermiddag. Både Kristina och Simon tyckte fortfarande att hon skulle kontakta polisen och berätta om vad han hade utsatt henne för under vansinnesfärden med båten.

– Du får inte vara så jäkla mesig! sa Kristina och lät riktigt upprörd. Tänk på den stackars Ida, hur tror du att hon kan freda sig mot den där typen, om inte ens du klarar av det? Det är alldeles för många kvinnor som inte vågar anmäla den där sortens övergrepp. Och tänk bara på Simon och andra som blir utpekade fast de är oskyldiga?

– Jag vet ju faktiskt fortfarande inte vad som hände, försvarade sig Alice. Och jag vill inte vara den som sprider misstankar om folk.

– Men du riskerar ju faktiskt att skydda en person som kan vara farlig. Har du aldrig hört talas om "skyddande av brottsling", undrade Simon.

– Jag ska kanske tänka om, svarade Alice. Kanske har jag varit lite för försiktig, jag lovar att jag ska tänka över det.

Det tog henne bara några minuter att gå hem i mörkret. Men hon såg sig om för varje steg hon tog, ryckte till när hon hörde ett oväntat ljud. Och den här gången var det Patriks ansikte hon såg framför sig, exakt så som hon hade sett det när hon vaknade upp i båten. Hans fuktiga läppar, den oseende blicken. Alldeles för nära.

Hon hade ovanligt svårt att somna. Låg och vred sig i sängen med den där tyngden över bröstet. Och hur länge skulle hon gå och älta sin oro och sina frågor utan att göra något? Till slut lovade hon sig själv att hon skulle tala med Stefan Markström redan i morgon. Hon visste att han skulle komma till ön, och den här gången skulle hon inte fega ur.

29

–Dᴀʀ ᴀ̈ʀ ᴅᴇ!

Alice och Yngve var på väg ner till hamnen när de fick syn på polisbilen. Alice hade berättat att hon tänkte prata med Stefan Markström redan idag. Han skulle komma ut tillsammans med en kollega för att ställa några frågor kring Davids död. De skulle börja med Ebba som hade bett Alice vara med som stöd. Ebbas mamma skulle gå till stranden med barnen.

– Oj, vad de är tidiga, utbrast Alice, men jag går dit direkt, vi ses sen.

De kysstes. Första gången så här offentligt, noterade Alice och skyndade sig ner till Ebba.

Polisbilen stod parkerad utanför huset. Ebba – fortfarande helt i svart – skymtade som en mörk skugga innanför den öppna dörren och poliserna var på väg in. Alice kände igen både Fanny och Stefan på långt håll och hann ikapp dem på trappan.

Stefan och Fanny började med att beklaga sorgen och att de dessutom blivit tvungna att besvära Ebba med sina frågor.

– Än så länge har vi alltså bara sjukhusets bedömning att gå på, förklarade Stefan. Läkarna på avdelningen var ju ganska säkra på att det handlade om botulism och obduktionen gav uppriktigt sagt inte så mycket mer. Men numera är det så pass ovanligt att botulism leder till döden att vi vill försäkra oss om att vi inte drar några förhastade slutsatser. Så nu undrar vi i första hand om det har funnits några andra tecken på matförgiftning under midsommarhelgen.

Ebba tittade vädjande på Alice.

– Så fort David blev sjuk kollade vi med alla som varit med, sa Alice och letade rätt på svaren i sin mobil. Det var ju flera som var lite bakis, men annars mådde alla bra utom en som också hade känt sig lite dålig.

– Och vem var det? sköt Fanny in.

– Kristina, svarade Ebba, men hon blev aldrig riktigt dålig. Hon är förresten här på ön nu, om ni vill veta mer. De bor här bredvid, hon och Simon som var på förhör hos er igår.

Stefan bad Ebba göra en lista på allt ätbart som David kunde ha fått i sig under midsommarhelgen. Sen lutade han sig framåt över bordet och såg Ebba rakt in i ögonen.

– Hade David någon konflikt med någon annan här på ön eller på jobbet?

Ebba skakade på huvudet.

– Kan han ha känt sig hotad?

Hon skakade på huvudet igen.

Alice kände svettdropparna bryta fram i hårfästet. Varför sa Ebba ingenting om att David själv trodde att han hade blivit utsatt för ett sabotage bara någon dag innan han blev sjuk? Varför sa hon inte att han faktiskt hade varit övertygad om att någon medvetet hade hällt vatten i bensinen?

– Han var otroligt omtyckt, sa Alice högt, såvitt jag vet hade han inga fiender eller ens ovänner. Men det hände faktiskt något obehagligt på midsommarafton …

Alice såg att Ebba inte rörde en min och fortsatte lite trevande:

– Han fick motorstopp när det blåste som allra värst … och jag tror att han själv … var ganska säker på att det rörde sig om ett sabotage.

Först då reagerade Ebba – och nickade bekräftande.

– Hade han några misstankar mot någon speciell person?

Alice och Ebba såg på varandra.

– Nej, svarade Ebba. Men på slutet, när han var som sjukast och knappt kunde prata, sa han något om Simon, "prata med Simon" eller något sådant. Och jag har frågat Simon men han har ingen aning om vad det var han tänkte på. Kanske menade han bara att Simon är så lugn och bra att prata med.

På väg ut frågade Fanny Alice om hon hade något mer att säga. Alice tänkte efter några sekunder. Fanny lade märke till tystnaden och sa snabbt:

– Du måste försöka lita på oss. Det är vårt ansvar att avgöra vad som är viktigt eller inte.

– Okej, sa Alice. Jag vill prata med er båda.

30

—HUR GICK DET? frågade Yngve, när Stefan Markström och Fanny Berndtson hade åkt.

– Jag vet inte, svarade Alice, men jag är helt slut. Jag känner mig helt urlakad.

De hade lyssnat uppmärksamt utan att egentligen kommentera någonting. Hon hade berättat, så sakligt hon kunde, att hon hade tuppat av i Patriks båt utan att egentligen förstå vad det var som hade hänt. Det enda hon mindes klart var att han stått lutad över henne när hon vaknade till. I förbigående hade hon också nämnt hur påflugen han varit gentemot Ida.

Däremot hade hon redogjort i detalj för utflykten till Långsund och gett dem namnet på den uppretade ägaren till bryggan, Johan Kristoffersson, som enligt uppgift skulle ha varit utomlands. Efter viss tvekan hade hon också talat om att Marco tydligen träffat Sofie så sent som i våras, även om han inte hade sagt något om det själv. Men hon hade varit väldigt noga med att säga att hon inte ville framföra några som helst misstankar eller anklagelser, bara ge dem lite mer att ta på. Om det kunde vara till någon hjälp …

”Utmärkt”, hade Markström sagt när de vara klara. ”Du kan få jobb som utredare på polisen när som helst.”

Det var inte det Alice ville höra.

Yngve och hon fortsatte direkt ner till hans båt bara för att ta en liten tur. Bara för att koppla av, tänka på något annat.

– Ytterskären? sa Alice.

– Absolut, svarade Yngve och satte full fart när de kommit runt udden.

På vägen ut sa de knappt någonting till varandra. Alice njöt av fartvinden, den kändes befriande. Men hon var fortfarande ovanligt tystlåten när de väl hade lagt till.

– Hur är det?

– Jag tror att jag gjorde rätt. Men det känns ändå obehagligt.

– Du vill så jävla väl att du blir osäker. Det måste väl få göra lite ont, när det är så komplicerat? Du har gjort rätt, det kan inte vara fel om det finns en chans att det kan bidra till någon lösning. Och till och med förhindra nya brott.

– Du är det bästa som har hänt mig.

– Nej, det är du som är det bästa som har hänt mig.

De kysstes, länge och väl, men efter en stund sköt Yngve henne ifrån sig.

– Ska vi älska eller bada först?

På eftermiddagen åkte Yngve till Stockholm där han skulle vara hela helgen. När Alice just hade somnat ringde mobilen. Hon var säker på att det var Yngve som ville säga god natt och svarade ett sömnigt "Hej älskling" utan att se vem det var som ringde. Men det var Patrik. Och han lät inte helt nykter.

– Är det du som har tjallat?

– Vad menar du? frågade Alice.

– Polisen. Det kanske säger dig någonting?

– Säg vad du menar i stället för att prata i gåtor, Patrik!

– Polisen har kallat in mig till förhör. Om Sofie! Vad fan är det du håller på med? Anklagar du mig för Sofies död nu också?

– Absolut inte. Jag vet lika lite om det som alla andra. Polisen förhör en massa människor. De har förhört mig också. Du tror väl inte att de misstänker dig?

– Vi får väl se. Men du har gått för långt. Din jävla fitta. Och det ska du få ångra, det kan du vara säker på.

– Vad menar du?

– Inget särskilt, du får väl se.

– Hotar du mig?

– Vad är det här för jävla förhör? Är du polis nu också?

– Ta det lugnt nu, Patrik. Vi kan prata om det här i morgon om du vill? Patrik?

Han hade lagt på.

Alice fick svårt att somna om. Efter en stund måste hon gå upp och kolla att ytterdörrarna var låsta. Men ju mer hon tänkte på saken desto säkrare blev hon på att det bara var fyllesnack, inte värt att tas på allvar. Han ville säkert hämnas, hämnas genom att skrämma henne. Han ville att hon skulle bli rädd. Och den glädjen tänkte hon inte ge honom.

31

—Ni får fin vind i alla fall, om ni tänker segla!

Malou sneglade ut genom sidorutan. De var hon som körde, Bertil satt bredvid och Alice i baksätet. De var på väg över bron och hade fin utsikt över farleden. Högsommar. Sydvästlig vind. Gott om segel i båda riktningarna.

– Perfekt, sa Bertil, jag tror vi satsar på det.

– Du anar inte hur tacksam jag är över att du ställer upp, Alice, sa Malou. Jag var helt inställd på att göra det, men i morse kände jag att det var omöjligt, jag klarar det inte.

Lazuli var klar för avhämtning. Skadan på förstäven var fixad och polisens tekniker hade gjort sina undersökningar. Malou hade ringt Alice tidigt på morgonen och frågat om hon kunde följa med Bertil och segla hem båten. Tanken på att vara ombord i Lazuli igen hade plötsligt blivit outhärdlig för henne.

– För mig går det bra, sa Alice. Det känns bara fint att få göra det.

De hissade segel så snart de kommit ut ur hamnen. Bertil satt till rors. Efter en stund bad han att Alice skulle ta över.

– Jag ska gå runt och titta lite igen. Man undrar ju om det har hänt någonting ombord, innan hon miste livet. Hur som helst är det mycket som inte stämmer. Jag ska se om jag upptäcker någonting eller bara kommer att tänka på något.

– Okej, sa Alice, men det lär inte bli lätt att se något. Det är ju många som har varit ombord här och trampat omkring sen dess.

Bertil gick systematiskt igenom båten, från för till akter. Han stod länge vid masten och kollade knapar och lås till fallen. Han kände på mantåget runt hela båten.

– Alice! Gör ett slag genom vind! Bäst att kolla från andra hållet också.

De var redan halvvägs när Bertil hade gjort sin genomgång på däck utan att hitta något.

– Då går jag ner under däck och fortsätter, om det är okej för dig, Alice?

Alice nickade. Hon njöt faktiskt av seglingen. Hon och Sofie hade ofta seglat den här båten tillsammans, framför allt i övre tonåren. Det var Sofie som hade lärt henne att segla. Ibland hade de varit ute någon vecka, seglat runt och träffat mycket folk, många killar. Några av dem hade de också varit tillsammans med, särskilt Sofie som alltid hade haft mycket lättare att bli både förälskad och älskad. Det värsta var när den där Martin, som de hade träffat i Marstrand och Alice faktiskt hade varit kär i, hade dumpat henne för Sofie. Det hade hon försökt glömma många gånger, men inte riktigt lyckats än. Men hon kom också ihåg …

– Alice!

Det var Bertil som tittade upp ur ruffen.

– Hur ser det ut däruppe? Kan du sätta på autopiloten och komma hit och kolla?

– Knappt en båt i sikte och fritt vatten. Jag kommer, svarade Alice.

Bertil stod kvar vid den lilla lejdaren, när hon kom ner under däck.

– Se här.

Han pekade på framkanten på det näst nedersta steget.

– Och här, sa han och satte pekfingret på nästa steg.

Alice såg först ingenting och undrade ett ögonblick om han hade blivit galen. Men sen förstod hon i alla fall vad han menade: några pyttesmå ljusa fläckar i patinan på tre av de fyra stegen i teaklejdaren.

– Se här på det översta, fyra små märken med någon decimeters mellanrum, de har aldrig funnits där tidigare. Och här på mittsteget, två till, fortfarande på exakt samma avstånd från varandra.

Alice måste ha sett skeptisk ut eftersom han fortsatte:

– Jag lovar att de inte har funnits där förr.

– Men vad tror du att det är? Kan det inte vara spår av polisteknikerna till exempel?

– Inte vet jag. Fullt möjligt. Men man kan ju i alla fall fundera på saken. Vad skulle det kunna vara? Det är ju något som har skavt eller skrapat mot stegen ...

– Vad var det Sofie hade på sig, minns du det, Bertil? T-shirt och jeans, eller hur?

– Mm.

– Vanliga blåjeans?

– Ja.

– Bertil, jag tror jag har kommit på vad det är.

32

Hon hade inte avslöjat sin teori för Yngve igår kväll. De hade varit hemma hos Kurt och Barbro – på en riktig parmiddag i deras stora villa bakom affären – och hon hade känt att hon inte ville göra sin misstanke till ett allmänt samtalsämne. Hon hade velat behålla sina slutsatser för sig själv, ingen skulle få vifta bort dem innan de hade fått en chans.

Men nu satt de med sin frukost på Yngves balkong på övervåningen och såg ut över hamnen. Gästhamnen var nästan full, de flesta båtarna låg fortfarande kvar vid bryggorna, klockan var bara litet över åtta på morgonen. Hon hade just beskrivit de minimala men regelbundna märkena i lejdaren. Och ville se om han kunde komma på det själv.

– Är det spår av något verktyg?

– Nej.

– Något på båten som har lossnat?

– Nej.

– Och du tror inte att Bertil misstar sig?

– Absolut inte.

– Något som tillhörde Sofie?

– Ja.

– Någon grej som hon bara brukade använda ombord på båten?

– Nej.

– Någonting som hon hade när hon skulle dyka?

– Nej.

– Men säg det då!

– Jag tror att det är märken från nitarna på hennes jeans. Avståndet mellan märkena stämmer precis. Jag har kollat med mina egna blåjeans. Tolv centimeter mellan nitarna på varje bakficka och sju centimeter mellan bakfickorna.

– Och vad är det som har hänt, menar du?

– Att någon har släpat upp henne för lejdaren.

– Död eller levande?

– Jag vet inte, antagligen redan död. Det stämmer ju också med att hon inte hade någon flytväst.

De blev snabbt överens om att hon skulle ringa polisen direkt, teorin var tillräckligt trovärdig för att vara något för polisutredningen. Stefan Markström var inte tillgänglig men skulle ringa upp senare.

Alice stod och gallrade morötter i sitt trädgårdsland när hon hörde Mary Matssons röst:

– Oj, så fina kryddor du har, Alice! Och så många sorter, vad är det egentligen?

Alice pekade ut rosmarin, timjan, mejram, basilika och salvia.

– Är det något du vill ha, Mary. Jag kan plocka ihop lite örter i en bukett som du kan krydda med. Det passar ju perfekt idag, att göra en provensalsk kryddblandning, för visst är den 14 juli idag? Frankrikes nationaldag?

Mary nickade och tackade förtjust ja. Men sen erkände hon att hon inte bara råkat komma förbi, hon hade ett ärende. Alice reste sig och gick fram till Mary.

– Jo, jag ville bara fråga om du känner den där Patrik som hyr hos mig.

– Ja, lite. Vi var klasskamrater och jag har träffat honom här också.

– Kan man lita på honom? Jag är lite orolig för Ida. Hon tycker att han är lite knepig, men hon gillar att åka med honom ut i den där snabba båten …

– Har du pratat med henne?

– Nja, jag har sagt att jag inte gillar det, men hon säger inte så mycket.

– Ärligt talat, Mary, jag tycker också att han verkar knepig. Jag har åkt med honom i den där båten och det var ingen trevlig upplevelse. Säg till Ida att jag gärna pratar med henne om det jag var med om. Helst innan hon ger sig ut igen.

– Usch då! Nu blir jag riktigt orolig.

– Det tror jag inte att du behöver vara, men be Ida höra av sig till mig!

– Alice.

Mobilen ringde, när hon stod och pratade med Johanna, i solen utanför salongen. Hon gick en bit bort, när hon hörde att det var Stefan Markström. Hon berättade att hon hade hjälpt Sofies pappa att segla hem båten, om märkena i lejdaren och fick till sist klämma fram sin egen teori. Markström lät måttligt imponerad.

– Jaha? Du känner till att våra tekniker har undersökt båten?

– Ja. Men de där märkena måste man vara Bertil för att ens se.

– Och du tror att det kan vara märken efter Sofies bakfickor? Vi har ju kvar jeansen, så …

Plötsligt lät han väldigt intresserad. Han började ställa om samma frågor och undrade också om Bertil var hemma och om båten låg kvar på Svartskär. Och till sist lät han nästan uppspelt när han tackade för tipset.

– Ursäkta, sa Alice till Johanna som stått kvar och väntat på att samtalet skulle ta slut. Det var Markström på polisen, de ska skicka ut några tekniker som ska titta på Lazuli igen. Nu direkt.

33

"EN ÅKLAGARE HAR tagit över förundersökningen kring kvinnan som hittades död i samband med en segling i skärgården norr om Göteborg. Skälet är att man nu misstänker ett allvarligt brott, säger Åklagarmyndigheten i ett pressmeddelande."

Alice och Yngve tittade på varandra över frukostbordet på Alices altan. Beskedet hade toppat lokalradions nyhetssändning.

– Tror du att det innebär att de har någon misstänkt? frågade Yngve.

– Kanske, jag vet inte.

Svaret kom senare i sändningen, i en intervju med åklagaren Madeleine Mendez:

– Nej, vi har ännu inte någon misstänkt, vare sig för mord eller något annat. Men polisutredningen har visat på en rad sakförhållanden som tyder på att vi har att göra med ett mycket allvarligt brott.

– Tror ni att det handlar om mord?

– Det är fortfarande för tidigt att säga. Allt jag kan säga nu är att det är ett mycket komplicerat fall. Vi ska också undersöka om det kan finnas ett samband med ett annat aktuellt dödsfall. Men som sagt, nu råder förundersökningssekretess.

Alice satt tyst. Yngve fyllde på lite varmt kaffe i deras koppar. Efter en lång stund sa Alice:

– Det är nog bra. Det betyder väl att de tar det på allvar. Att det finns en chans att vi får veta sanningen någon gång.

– Hon måste ju ha syftat på David, Davids död. Det var väl det hon menade när hon sa att det var så komplicerat. Bland annat.

Alice såg på Yngve från sidan. Hans lugn smittade av sig på henne. Trots allt som hände omkring dem kände hon sig trygg tillsammans med honom. Den där ångestladdade oron hon hade börjat känna av igen, den dök nästan aldrig upp när hon var tillsammans med honom.

– Du?

– Ja?

– Vill du att jag följer med dig ut och drar burar idag? Jag har inget särskilt jag måste göra och vill helst vara med dig, hela dagen. Jag vill inte bara gå här och älta och undra och …

– Absolut. Toppen. Jag har extra oljeställ ombord så du behöver inte ta med dig ditt eget. Jag gör i ordning lite lunchmat.

Alice fick köra. Burarna låg en bra bit ut till havs men det tog inte mer än en kvart förrän de var framme vid det första flötet och kunde börja dra. Yngve stod vid vinschen och drog bur efter bur, plockade ut havskräftorna, agnade burarna med sill och släppte ut dem igen. De körde sakta men själva proceduren gick förvånansvärt snabbt, tyckte Alice och kom på att hon skulle försöka sälja in ett bildreportage till någon tidning om hur det går till att fiska havskräftor. Snygga bilder: på havet, Yngve, kräftorna och till och med de färgglada bildskärmarna med plottern och ekolodet …

De hade hunnit dra nästan tvåhundra burar när de åt sin lunch. Yngve var ganska nöjd med fångsten, närmare hundra kilo, trodde han, och han hoppades på minst lika mycket i de burar de hade kvar.

– Sista länken! ropade han när de kommit lite längre in mot kusten. Bara sjuttio burar kvar.

Just då ringde det i hans mobil.

– Jag tar det, ropade han till Alice när han hade kollat vem det
var. Försök ligga still här, håll dig till dead slow om du ska köra fram
eller back.

Alice kunde inte höra vem det var som ringde men såg att Yngve
såg oroad ut när han svarade:

– Hej, det gör inget, men jag är ute och fiskar, sa han. När såg du
henne senast?

Det lät som en kvinnoröst i mobilen, tyckte Alice, men hon kun-
de fortfarande inte uppfatta ett enda ord.

– Och när såg du honom då?

Yngve hade fått en djup rynka mellan ögonbrynen men lät ändå
lugn.

– Vet du vad hans båt heter?

Hans fråga fick bara ett kort svar. Nekande, gissade Alice.

– Jag tycker att du ska ringa polisen direkt och bara säga som det
är. Försök få tag på Stefan Markström eller Fanny. Det finns säkert
en enkel förklaring. Jag hör av mig när jag är tillbaka.

Han lade på, gick fram till Alice och lade händerna runt hennes
axlar.

– Det var Mary Matsson. Patrik Womer verkar ha stuckit, tagit
sina grejor och försvunnit utan ett ord. Och Mary får inte tag på
Ida, hon har inte sett henne sen sent igår kväll.

34

–HEJ DET ÄR ALICE. Jag väckte dig inte? Jag ville bara veta om du har hört något?

Nej, Mary hade inte hört något från Ida eller någon annan. Hon hade knappt fått en blund i ögonen och rösten lät söndergråten.

Igår kväll hade Alice och Yngve suttit länge nere hos Mary för att försöka reda ut vad som kunde ha hänt. Både Patrik och Ida var faktiskt spårlöst försvunna. Patrik hade bokat lillstugan i tre veckor och skulle alltså ha stannat en vecka till, men nu hade han plötsligt försvunnit med alla sina tillhörigheter, utan så mycket som ett adjö. Alice var säker på att Patriks båt hette Speedy G – ett så fånigt namn glömmer man bara inte, hade hon sagt och fått ett svagt leende från Mary – och Yngve kom ihåg att han ofta fått upp det namnet på en båt som brukade synas på det elektroniska sjökortet. Men nu fanns inte heller båten någonstans. Patrik måste ha stängt av sin AIS-sändare, antingen för att han inte ville synas eller för att han lämnat båten i någon hamn och släckt ner allting.

Och Ida brukade vara bra på att höra av sig om hon fick ändrade planer, hade Mary försäkrat. Frivilligt skulle Ida skulle aldrig göra sin mormor så orolig, absolut inte! Alice förbannade sig själv för att hon inte pratat med Ida om Patrik, hon hade bara väntat på att Ida skulle ta kontakt ... så idiotiskt, oförlåtligt! Alice kände paniken

135

komma smygande varje gång hon snuddade vid tanken på vad Ida kunde ha råkat ut för. Mary hade också försökt få tag på Idas föräldrar i Kanada, men än så länge utan framgång. Polisen hade i alla fall verkat ta Marys oro på allvar och hade lovat "undersöka saken". Vad det innebar hade de inte sagt.

Alice hoppade över morgonbadet, tog en snabb kopp kaffe och skyndade sig ner till Mary.

De satte sig vid köksbordet efter en hastig kram.

– Finns det ingen annan vi kan ringa som kan veta något om Ida? frågade Alice. Någon kompis?

– Det skulle vara Maja då, svarade Mary. Hon bor i stan men jag vet inte vad hon heter i efternamn. Maja …, nej jag kommer inte på det.

– Är det någon som kan veta mer om Maja eller någon annan kompis, tror du? Vilhelm? Johanna?

Yngve var redan ute med båten men ringde från sjön. Speedy G syntes fortfarande inte till på kortet. Han hade också tagit en sväng runt Ytterskären för att se om båten möjligen låg därute, men det gjorde den inte.

Då och då försökte Mary ringa Idas mobil. Samma glada telefonsvar: *Hej, det är Ida, vi hörs men inte just nu! Messa mej gärna!* De hade messat redan igår kväll men skickade för säkerhets skull en ny vädjan till från Marys mobil: *Älskling ring!* Alice hade också letat rätt på Patriks nummer och lät en hel mängd signaler gå fram. Inget svar. Hon skickade ett vädjande sms: *Hör av dig, snälla Patrik!* Ännu inget svar.

Vid lunchtid ringde Stefan Markström. De hade sett Patriks bil i ett parkeringshus i närheten av Centralstationen i Göteborg men inte fått någon kontakt – trots en rad olika försök att nå honom. Yngve tittade in en stund men hade inte heller sett några spår av Patrik. Johanna kom förbi med en adressbok med några telefonnummer de kunde ha nytta av och Mary hade just börjat ringa, nästan på måfå, när Alice frågade:

– Och du är säker på att du inte har missat något mejl som du kan ha fått?

– Ja, det har jag ju redan sagt. Jag är helt säker. Jag har kollat. Och du har frågat flera gånger. Fyra gånger för att vara exakt.

Mary lät trött och irriterad.

– Men … får du några spam ibland? Eller hamnar de i skräpposten?

– Det vet jag inte.

– Får jag se.

Mary sköt över sin lilla dator till Alice som öppnade e-posten igen och knappade sig fram till spamkorgen.

– Här! Mary! Ett mejl från Maja! Eller hennes e-postadress rättare sagt!

Alice sköt tillbaka datorn till Mary men gick och ställde sig bakom henne för att läsa högt:

”Hej mormor! Jag ska bara säga att jag är hos Maja och tänker sova över där. Fick bråttom i morse. Obs att jag har glömt min laddare så du kan inte ringa mig. Ring Majas mobil om det är något, du ser hennes nummer längst ner. Berättar mera sen. Kommer med fyrabussen i morgon. Puss och kram. Ida.”

Mejlet var skickat den 15 juli klockan 11:14.

Både Alice och Mary brast i gråt. Lättnaden fick all tillbakahållen oro att forsa ur dem, det var som om en säkring hade gått.

– Å, Ida, mumlade Mary. Lilla Ida.

Efter en stund ringde de Majas mobilnummer och fick prata med Ida. Tjejerna satt på ett kafé inne i stan och lät glada och fnittriga. Mary hade inte hjärta att berätta riktigt hur oroliga de hade varit. Men hon frågade i alla fall om Ida visste något om Patriks hastiga avfärd.

– Äh, han är faktiskt galen, den där Patrik. Han tror visst att han kan göra vad som helst. Jag fick lift med honom in till stan, jag tror att han skulle resa någonstans, han sa något om det. Att han hade fått nog av "det här jävla landet". Men han är inte riktigt klok, han är hemsk.

35

Som vanligt var det Alice som vaknade sist, när de bodde hos Yngve. Hon hörde att han höll på med något nere i kammaren, det lät som han redan hade ätit frukost. Hon sträckte på sig, långsamt, och kände att den njutning hon hade upplevt under natten fanns kvar i kroppen, som en … hon tvekade, försökte hitta det exakta ordet …, som en andra hud? eller helt enkelt kärlek? Hon hade i alla fall aldrig känt sig så sanslöst lycklig med en man som nu. Aldrig haft så bra sex, aldrig känt så stark ömsesidig värme och aldrig känt sig så … hel.

Hon låg kvar i sängen medan hon kollade mobilen. Ett sms från Kristina: Ska på polisförhör i morgon. Blev just kallad. Har du hört något? Och ett mejl från en mattidning som sa ett förtjust ja till hennes förslag att göra ett bildreportage om att fiska havskräftor. Plus ett långt mejl från Mary som redogjorde i detalj för telefonsamtalet som Ida hade haft med polisen. Ida hade "verkligen inte sparat på krutet" när hon berättade om Patrik. Tydligen hade han gett Ida skjuts in till stan med båten, försökt hålla henne kvar när de var framme och tafsat på henne. Och blivit rasande när hon lyckades smita därifrån. Alice blev fortfarande alldeles kall vid tanken på vad som kunde ha hänt.

När hon kom ner i köket såg hon att Yngve satt ute på balkongen med kaffekopp och papperstidning. Hon såg honom bakifrån, de breda axlarna, nacken med det lite grånande håret, de väl stora öronen, och fylldes av en enorm ömhet. Hon gick ut, kysste honom på kinden och hörde sig själv viska:

– Har jag sagt att jag älskar dig?

Han vände sig om och såg allvarligt på henne.

– Och du vet att jag älskar dig?

Sen brast de i skratt åt sina högtidliga tonfall men beseglade sina kärleksförklaringar med en kyss.

När Alice hade slagit sig ner med sitt morgonkaffe på balkongen berättade hon att Kristina var kallad till förhör hos polisen i morgon, en lördag konstigt nog.

– Oj, det är jag med, det glömde jag säga, svarade Yngve. I morgon eftermiddag. Hon kanske vill åka in med mig. Lät hon orolig?

– Har ingen aning, det var bara ett sms. Men det tror jag inte. Hon tog det ju väldigt lugnt när Simon skulle in på förhör. Och du då?

– Det är väl bara bra om man kan hjälpa till. Även om jag inte tror att jag kan bidra med så mycket. Men de måste vara angelägna, inte trodde jag att de var så snabba i vändningarna. Eller ens att de jobbar helg med sådant.

Yngve skulle ut och dra burar och började få ont om tid. Men Alice hann också berätta att mattidningen hade köpt det där bildreportaget hon hade föreslagit.

– Toppen. Då måste du väl följa med mig ut i flera dagar?

– Vi får se. Det ska inte publiceras förrän i decembernumret men som vanligt är det ändå bråttom. Så jag vill i alla fall komma igång så snart som möjligt. Gärna i morgon om du hinner åka ut en stund innan du ska till polisen?

Alice kunde inte släppa tanken på att Yngve skulle bli förhörd av polisen. Och att han hade glömt att berätta det. Så oviktigt var det väl ändå inte. Och varför just han? Han kände ju knappt Sofie, det hade han sagt själv flera gånger. Och varför, varför hade hon inte kommit sig för med att fråga honom direkt? Morgonens lyckorus började övergå i gnagande olust.

Hon hade ett akut skrivbordsjobb som hon måste få iväg under dagen, men hade också dåligt samvete för att hon inte hade träffat Ebba på flera dagar. De hade inte ens pratat om det nya läget i förundersökningen. Själv hade hon varit så uppslukad av oron kring Ida att hon helt enkelt hade glömt Ebba. Alice rusade ner för backen och knackade på.

Det var Lucas som öppnade.

– Sch! Mamma sover, viskade han.

– Säg åt henne att ringa mig när hon vaknar.

– Jag sover inte alls! Kom in, Alice.

Ebba var onaturligt blek, mitt i juli. Och hon, den alltid lika välvårdade Ebba, såg ut som om hon hade sovit i kläderna. Hon låg ovanpå sängen utan så mycket som en bok eller tidning inom räckhåll. Hon vände bara lite på huvudet och såg på Alice som inte ens hann fråga hur hon hade det. Rösten var tunn men orden forsade ur henne:

– Jag vet inte hur jag ska orka, Alice. Just nu är det bara barnen som håller mig uppe, det borde ju vara tvärtom. Mamma är här ibland men det är nästan lika jobbigt. Uppriktigt sagt börjar jag bli rädd också. Skräckslagen. Fanny var här i tisdags och förberedde mig på att en åklagare skulle ta över förundersökningen. Så nu förstår jag ju att det kan ligga något i att David blev mördad, han med. Och jag har inte en aning om varför. Eller vem som kan ha gjort det. Ingenting. Man törs ju inte lita på någon. Vem som helst kan ju vara farlig. Vem som helst kan ha gjort det. En galning som går omkring här och verkar helt normal. Är inte du livrädd?

Alice visste inte vad hon skulle svara. Mumlade ett ”Ibland kanske, men på något sätt går det ändå”. Hon fortsatte klappa Ebbas kind och insåg samtidigt att hon inte ens hade erkänt det för sig själv. Att hon var livrädd, hon också.

36

Vädret var perfekt för att få bra bilder till havs. Mjukt solljus så här tidigt på morgonen. Lagom mycket vind för att få rörelse i bilderna utan alltför mycket sjögång. Men egentligen hade Alice helst stannat hemma, hon hade inte alls haft någon lust att följa med Yngve ut på sjön den här dagen. Till slut hade hon ändå gjort det, det var ju det de hade kommit överens om och han skulle ändå bara vara ute ett par timmar, innan han måste åka in till sitt polisförhör.

För en gångs skull kände Alice sig sjösjuk, hon mådde riktigt illa. Men det berodde inte på att båten rullade sakta i den skvalpiga sjön, det var hon säker på, problemet var att hon hade en stor klump av olust i magen. Ebbas oro hade verkligen smittat av sig, det fanns ju goda skäl att vara rädd, när man började misstänka att det handlade om mord, två olika mord i deras närmaste vänkrets. Men det värsta var nog att hon plötsligt inte visste om hon kunde lita på Yngve.

Varför hade han inte sagt något? Det var helt enkelt alldeles för konstigt att han inte hade sagt ett ord om att han skulle in på polisförhör.

Men nu måste hon koncentrera sig på jobbet. Plåta. Inte spy. Inte slarva bort det här tillfället. Bara vara professionell.

Både Ida och Mary verkade i alla fall ha repat sig från sina skräckupplevelser. Och Ebbas mamma hade kommit ut till ön re-

dan igår kväll, hon hade inte anat hur illa det var med Ebba. Och
Ebba kunde ju ha rätt. Det kunde finnas någon att vara rädd för. En
mördare. En mördare som gick lös på Svartskär.

– Hallå! ropade hon för att få Yngve att titta in i kameran. Han
log och såg nästan för bra ut i orange oljeställ och sitt vindblåsta
hår. Hon hade krokat fast sig vid vinschen för att kunna luta sig ut
och få en bra vinkel för några bilder av både fiskaren och fångsten
ute till havs. Och där kom äntligen en bur som var så full av hav-
skräftor att de syntes bra i bild!

Yngve släppte av henne på Svartskärs gamla ångbåtsbrygga, där
Kristina redan stod och väntade. Lite finklädd i sommarklänning,
konstaterade Alice. Turkos förstås, Kristinas älsklingsfärg.

– Ni får väl stötta varandra, om poliserna är för tuffa mot er! Hej
då!

Alice tog en sväng förbi Ebba som satt ute på sin brygga och läste
medan barnen lekte i sjöboden. Hon hade fortfarande sina stora
solglasögon – trots att hon satt i skuggan – men verkade lugna-
re och försäkrade att det gick bättre nu, sen hennes mamma hade
kommit tillbaka och tog hand om både mat och städning. Själv
hade hon blivit sjukskriven och skulle få träffa en psykolog i Udde-
valla på tisdag.

– Förresten är Erik här just nu och hjälper mig med min upp-
koppling, jag har inte kommit åt nätet på flera dagar. Du kan gå in
och prata med honom.

Alice nöjde sig med att krama om henne och bad att få komma
tillbaka lite senare. Hon behövde få vara ensam med sina egna tvivel.
Dessutom var hon väldigt sugen på att titta närmare på sina bilder.

Bilderna var bra. Hon valde ut några stycken som tills vidare
kunde fungera som inspiration till korta texten. Skrev ner några
punkter som hon skulle fråga Yngve om, mest rena faktafrågor men
också några mer personliga frågor i hopp att svaren skulle fungera
bra som citat i artikeln.

Yngve ringde när de var på väg hem igen. Han hade fått upp ett par makrillar och föreslog att de skulle ta dem till middag hemma hos henne.

– Okej, jättebra. Men hur gick det för er?

– Det gick väl bra. Kristina tyckte att det var rätt jobbigt. Men du får höra mera sen.

Det var Stefan Markström som hade skött förhören, berättade Yngve medan han fileade och stekte makrillen. Han fattade fortfarande inte varför de hade velat prata med honom, han hade inte haft mycket att säga. Frågorna handlade mest om vad han visste om Sofie, om hennes "relationer" med män och vad han hade fått för intryck av henne på senare år. Och Kristina hade tydligen fått redogöra i detalj för den där sista kvällen vid bryggan i Långsund. Hur länge hon själv hade varit ombord. Hur stämningen hade varit. De hade också ställt flera frågor som egentligen rörde Simon, men varit noga med att förklara att hon inte behövde svara på dem om hon inte ville.

– Men det kändes knepigt, lite obehagligt, ibland undrade jag om de misstänkte mig på allvar, medgav Yngve. Skönt att vara hemma igen. Men hur gick det för dig, fick du de bilder du ville ha?

De tittade tillsammans på bilderna och Alice fick svar på några av sina frågor om fisket. Plötsligt: hans blick rakt in i kameran på en av bilderna. De där ögonen, som hon verkligen litat på.

Hon orkade inte med något uppslitande samtal som kunde urarta till gräl. Kanske hade det bara blivit för mycket av allt. För mycket ovisshet, förbiseenden som kunde vara halvsanningar. Hon bestämde sig för att lägga sig tidigt.

– Jag vet inte varför men jag måste få vara ensam i kväll, sa hon och såg att Yngve blev ledsen.

– Det passar bra, svarade han lugnt, jag ska upp tidigt i morgon.

De kysste varandra god natt, mer pliktskyldigt än passionerat.

Alice var ute på glasverandan för att släcka ljuset för natten, när hon fick se Kristina komma springande.

– Å, vad bra att du inte hann gå och lägga dig, flåsade Kristina och tog några djupa andetag. Men jag såg att Yngve gick hem och känner att jag måste berätta en grej för dig. Jag vet egentligen inte vad det betyder. Men det är nog något du inte vill höra.

37

”Vi förstår att du hade nära kontakt med Sofie Dorsén.” Det var så Markström hade sagt. Till Yngve. Det hade Kristina varit bombsäker på. Exakt så: ”Vi förstår att du hade nära kontakt med Sofie Dorsén.” Alice kunde inte låta bli att upprepa meningen för sig själv. Den hade spökat för henne hela natten. Lakanen var blöta av svett.

Det hade blivit sent igår kväll, Kristina och hon hade suttit och pratat i flera timmar. Och hunnit dricka alldeles för mycket vin, alldeles för sent. Kristina hade först berättat om sitt förhör, det hade gått rätt snabbt. Hon hade varit försiktig när hon svarade på frågor som mer eller mindre öppet handlade om Simon. Men hon hade ändå känt sig alldeles matt efteråt och bara sjunkit ner på en stol i korridoren utanför förhörsrummet. Hon hade bara hunnit växla några ord med Yngve när han blev inropad. Och hon hade inte haft en tanke på att tjuvlyssna, men ändå råkat höra vad Markström hade sagt alldeles i början av förhöret med Yngve. ”Vi förstår att du hade nära kontakt med Sofie Dorsén.” Just de orden hade varit helt tydliga, i övrigt hade hon bara hört enstaka ord. Men Kristina hade fått intrycket att Yngve hade protesterat – *han lät rätt upprörd*, hade hon sagt – men sen, när han kom ut, hade han verkat helt obesvärad. Leende, med händerna i fickorna och snarare road än uppriven. På hemvägen hade de pratat om förhören nästan hela tiden och ändå hade Yngve inte sagt ett ord om att de ställt några besvärliga frågor om hans egen relation till Sofie. Och Kristina hade inte vågat fråga.

Alice visste inte vad hon skulle tro, hon var bara gråtfärdig och kände paniken komma. Trycket över bröstet, klumpen i magen, känslan att vara nära att kvävas. Hon kunde inte ligga kvar i sängen, gick upp och vankade fram och tillbaka. Försökte lugna sig genom att andas djupt och långsamt men hela bröstkorgen kändes fortfarande hopklämd under en blytyngd. "Det är inte farligt att få ångest, det går över", hade någon sagt till henne, "man dör inte". Fast just nu kändes så, hon fick inte tillräckligt med luft … Hon gnydde, ropade kanske på hjälp, hon visste inte. Men ingen kom och hon kröp ihop i fosterställning på sängen igen.

Efter en stund måste hon ha sjunkit in i något slags dvala och mådde lite bättre när hon vaknade till igen. Hon kände sig fortfarande darrig men gick upp och öppnade dörren till altanen på vid gavel.

Hon hade alltid litat på Yngve, han var inte typen som brukade glida på sanningen. Men nu visste hon inte längre. Varför hade han inte sagt något? Hade han haft ett hemligt förhållande med Sofie? Någon gång? För längesen? Eller nyligen? Han hade ju själv berättat om förhöret för henne men på honom lät det som om de bara hade ställt helt oskyldiga, nästan meningslösa frågor om Sofie. Hur hon var som person och vilka hon umgicks med. "Och det visste jag ju inte så mycket om", hade han sagt med det där leendet som plötsligt gjorde ont att tänka på.

Hon ville absolut inte ringa och fråga honom nu. Han skulle vara ute på sjön hela dagen och hade säkert fullt upp. Egentligen hade hon inte någon lust att korsförhöra honom över huvud taget. Nu satt hon med bilderna från gårdagens fiske framför sig för att tänka på annat. Men bilderna på Yngve, där han stod och log mot henne i kameran gjorde henne bara gråtfärdig igen.

Hon tvingade sig att tänka tanken som molade inom henne: Var

Yngve misstänkt? Kunde han, hennes Yngve, vara misstänkt för att
ha mördat Sofie?

Paddla runt ön. Det var det enda hon kunde göra nu. För att kun-
na tänka klart – eller kanske slippa tänka? Spelade ingen roll. Hon
hämtade paddeln, flytvästen och sittbrunnskapellet i källaren och
gick snabbt ner mot hamnen. Hon hade just hunnit förbi Malous
och Bertils hus när hon hörde att de ropade på henne:
– Alice! Du kommer som beställning!
Hon kunde inte med att låtsas som om hon inte hörde. Och det
visade sig att de alldeles nyss hade fått besked som rörde Sofies be-
gravning. Själva obduktionen var klar, även om andra delar av den
rättsmedicinska undersökningen tydligen skulle kunna pågå länge
till. Men nu kunde de bestämma dag för begravningen, i princip
när som helst.
– Det blir förstås här på ön, i kyrkan, förklarade Malou. Men vi
ville inte bestämma dag förrän vi hade kollat med dig. Kan du den
sjunde augusti? Det är en fredag.
– Självklart. Det låter fint. Skönt att veta.
Alice tackade nej till en kopp kaffe, det kändes inte bra men hon
hade verkligen ingen lust att sitta och småprata. Dessutom skulle
Malou se direkt hur hon eländigt hon mådde – och det ville hon
inte heller.

Hon fick hård motvind så fort hon hade rundat udden och måste ta
i för att få upp farten. Men tankarna fortsatte att mala.
Var det så att Yngve dolde något, någonting som hade med Sofie
att göra? Tanken svindlade och gjorde henne förtvivlad. Den där
satans meningen gick inte att missförstå, "nära kontakt med Sofie
Dorsén". Någonting måste den stå för. Men skyldig till Sofies död?
Nej. Absolut inte. Inte Yngve. Kanske var det känslan av att han
hade fört henne bakom ljuset som plågade henne mest. Risken att
han inte var den hon trodde.

Hon rundade Sydudden och kom in i sundet öster om Svartskär. Hon hade fått en idé och styrde in mot en liten folktom sandstrand. Det tog emot att gå bakom ryggen på Yngve men hon kom inte på något bättre. Hon orkade inte fråga Yngve själv, orkade inte med några hetsiga scener. Men hon skulle kunna ringa Erik. Han svarade direkt.

– Ja, jag är bara ute på en tur med kajaken. Men det snackas så mycket här och jag undrar om du kanske kan bidra med lite fakta. Bara oss emellan. Visst kan du kolla Sofies samtal till exempel?

Jo, det kunde han, åtminstone samtal via Messenger och allt annat på nätet.

– Det låter konstigt, men jag skulle vilja veta om Sofie hade någon kontakt med Yngve.

– Varför frågar du inte honom själv?

– Det är svårt att förklara, men jag vill inte riva upp en massa saker i onödan. Vi har det väldigt bra ihop men just nu svajar det. Du får inte berätta för honom om det här samtalet och du behöver inte hjälpa mig om du inte vill. Men jag skulle vara väldigt tacksam om du kan …

Efter en stund lovade han, om än motvilligt. ”Jag hör av mig i morgon.”

Alice kände sig usel. Men försökte intala sig själv att hon hade rätt att fega ur ibland. Den här sommaren hade slitit hårt på henne. Och hon ville inget hellre än att få behålla sin bild av Yngve. Nu behövde hon bara få lite lugn och ro.

När Alice hade hunnit runt den sista udden ringde Yngve. Hon svarade inte. Men lät paddeln vila, tänkte efter en stund och skrev ett sms: *Vi hörs i morgon i stället. Behöver få vara ensam. Puss.*

38

*U*TE OCH FISKAR *hela dagen i morgon. Hör av mig på hemväg. Älskar dig. Måste få träffa dig. Y*

Alice hade blivit blossande varm när hon läste hans svar. Och måste erkänna för sig själv att hon också kände en häftig lust, både längtan och åtrå. Men hon var fortfarande minst lika illa till mods, osäker på vad hon skulle göra och tro. Vid elvatiden ringde Erik.

– Jag fattar fortfarande inte varför du inte bara frågar honom själv, började han.

– Du behöver inte fatta någonting. Du behöver bara tro mig: jag måste få veta och orkar inte med något tjafs.

– Faktum är i alla fall att Sofie och Yngve hade mycket kontakt med varandra tidigt i våras. Ibland ringde de till varandra flera gånger samma dag. Men sen upphörde det ganska tvärt. Inte ett samtal sen dess. Men det betyder ju ingenting! Det kan ju ha handlat om vad som helst.

– Men då skulle han väl ha sagt något om det. Han har inte sagt ett ljud. Han har alltid sagt att han knappt kände Sofie. När jag tänker efter, tycker jag att han har varit väl noga med att påpeka det. Det är något konstigt. Men tack! Och förlåt!

Alice skämdes som en hund över att hon faktiskt bett Erik snoka i en väns privata liv. Men det hon hade fått reda på var jobbigare än hon

150

hade väntat sig. Hade Yngve och Sofie kunnat ha ett kort förhållande utan att hon hade fått veta det? Hade Yngve velat skona henne från den kunskapen? Ibland kan man ju inbilla sig att måste skydda en annan människa, när man egentligen bara behöver skydda sig själv. Från obekväma frågor eller något ännu jobbigare.

Men "tidigt i våras", hade Erik sagt …, hon försökte skjuta bort tanken, hon visste alltför väl att det måste ha varit i mars som Sofie blev gravid. Hur som helst måste hon våga fråga Yngve själv. Något annat sätt att få reda på sanningen fanns inte. Hon började redan ångra att hon inte hade gjort det tidigare. Hur skulle han ens kunna förlåta henne, om hon berättade att hon hade bett Erik kolla?

Hon satte sig vid datorn och började på texten till den exklusiva mattidningen. De skulle publicera reportaget i sitt decembernummer som enligt redaktören skulle "inspirera till skaldjursmenyer på jul-och nyårskalasen". Varje gång hon såg på sina bilder av Yngve i båten högg det till i magen.

Klockan var lite över fem när han ringde.

– Hej, hur är det?

– Inget vidare. Jag sitter och jobbar. Men har det gått bra idag?

– Så där. Kan jag komma upp till dig sen, när jag är klar?

– Mm. Kom du. Det blir fisksoppa om du vill ha middag.

Alice kände sig plötsligt nervös. Lika pirrande förälskad som livrädd för vad hon skulle kunna få veta.

Han slog armarna om henne så fort han kom innanför dörren. Och hon sjönk villigt in i hans famn. De kysstes, girigt, innan de hade sagt ett ord till varandra.

– Vi får ta allt i tur och ordning, sa han när de släppt taget om varandra. Det viktigaste är att vi är tillsammans. I alla fall för mig.

Alice log, lite osäkert, hon visste plötsligt inte vad hon skulle säga.

– Först måste du berätta vad det är som har plågat dig på sista tiden, började Yngve när de hade satt sig ner och börjat äta. Vad är det?

Alice suckade och lade från sig soppskeden.

– Jag är rädd. Rädd att du har försökt dölja någonting för mig … Om dig och Sofie.

– Om mig och Sofie? Varför det?

Han såg uppriktigt undrande ut. Fåran mellan ögonbrynen hade aldrig varit så djup.

Alice fick förklara allt från början, om vad Kristina hade råkat höra på polisstationen och också något – utan att nämna Eriks namn – om att han och Sofie tydligen hade haft en ganska intensiv kontakt i våras.

– Ja, visst, men det kan väl inte vara något problem? Jag hjälpte henne när hennes klass hade temavecka om havet. Det var väl någon gång i mars, april kanske som vi pratade i telefon med varandra nästan varenda dag. Jag skickade lite material till henne i olika omgångar och ett par ungar i hennes klass var med mig ute och fiskade en hel dag.

Alice skämdes så mycket att hon knappt kände sig lättad.

– Jag ska berätta allt, om vilken idiot jag har varit. Jag fattar det nu. Jag började väl tro att du var för bra för att vara på riktigt.

Yngve reste sig från bordet och kysste henne igen.

– Älskade Alice. Inte visste jag att du kunde vara så bottenlöst korkad.

39

– Sᴄʜ, sᴀ Aʟɪᴄᴇ

Yngve tystnade. De var redan vakna när klockradion gick igång med dagens första lokala nyhetssändning: "Man anhållen som misstänkt för seglarmordet." Efter ytterligare några rubriker påannonserade studioreportern själva inslaget:

– En man i femtioårsåldern har anhållits som på sannolika skäl misstänkt för mordet på kvinnan som hittades död i närheten av sin segelbåt tidigare i somras. Det var igår, efter ett längre förhör med mannen, som polisen kontaktade åklagaren som senare anhöll mannen. Enligt åklagaren Madeleine Mendez kommer polisutredningen nu i en ny fas, med nya förhör och nya tekniska undersökningar.

I den korta intervjun med åklagaren framgick bara att beslutet om mannen ska häktas – eller släppas – ska fattas senast på fredag.

– Oj …

Alice blev mållös.

– Vad tror du? frågade Yngve efter en stund och smekte henne på kinden.

– Jag vet inte. Fantastiskt om de har fått tag på den som gjorde det. Men jag undrar förstås vem det kan vara. Om det är någon vi känner till över huvud taget.

– Ingen av dina gamla klasskamrater i alla fall. Ingen av er har väl ens fyllt trettio.

153

– Nej, det är väl snarare vår föräldrageneration. Jag har ingen aning.

– Inget ont om Marco, men hur gammal är han?

– Han är väl nästan lika uråldrig som du … han börjar väl närma sig fyrtio skulle jag tro.

– Och den där ilskna typen som skrämde iväg dig från huset vid bryggan?

– Mm. Han kan nog vara runt femtio.

Yngve såg på Alice, mötte hennes blick.

– Och hur känns det? Jag menar alltihop, för dig?

– Mest bra förstås, som ett steg framåt. Men hemskt också. Det är som om det onda, själva våldet kommer ännu närmare.

– Visst behöver du lite fler bilder till ditt reportage? Följ med mig ut idag så får du lite annat att tänka på. Gör det!

På vägen ner till båten mötte de inte en människa. Sommargästerna hade sovmorgon. Men utanför affären stod Vilhelm och satte upp nya löpsedlar. Textraderna "GRIPEN" och "SOFIE" lyste emot dem. Alice ryste till och drog sig närmare Yngve.

Vilhelm kunde inte låta bli att fråga om de visste vem mannen var, men de skakade bara på huvudet.

– Ja det är väl ingen härifrån i alla fall, fortsatte Vilhelm. Men jag ska kolla på Flashback.

– Akta dig, där samlar de ju bara på misstänkta med invandrarbakgrund, sa Yngve. Tro inte på det du ser där!

Alice njöt av att vara ute på sjön med Yngve igen. Hon kände sig fortfarande mörbultad av sina egna fantasifoster, mest för att hon hade varit så misstänksam och dragit sig undan i stället för att reda ut missförståndet. Han var däremot lika kärleksfull som vanligt. Och den här natten hade de älskat minst lika intensivt och ömsint som förut. Hon log vid tanken: det var som om deras kroppar också älskade varandra.

Fångsten blev god, över medel, och Alice fick flera riktigt bra bilder. Så fort de kom tillbaka in i hamnen såg de att medierna hade kommit ut till ön. På Hamnplan stod bilar från både radio och TV och minst en stor rikstidning. En fotograf stod och tog bilder på Lazuli som låg förtöjd på sin vanliga plats. En reporter stod utanför affären och intervjuade folk som hade varit inne och handlat. Alice kunde redan se artiklarna framför sig: "vi trodde aldrig att det kunde hända här". Och det var ju sant.

Först när hon var hemma igen kollade hon sin mobil. Ett okänt mobilnummer hade sökt henne flera gånger under förmiddagen. Hon knappade in numret för att se vem det var som var så angelägen. Irene Berggren. Hon fick tänka en stund, det lät bekant. Men visst, det var ju studierektorn på Sofies skola. Hon ringde upp och lät en rad signaler gå fram. Till slut svarade en andfådd Irene Berggren.

– Å, ja tack för att du ringer, jag har semester och var ute i trädgården. Du minns kanske att vi pratade med varandra för några veckor sen. Då ville du veta lite om en lärare på vår skola, en man som har ett fritidshus med egen brygga i Långsund …

– Jaa?

– Nu är det jag som undrar. Jag vet att han var kallad till förhör hos polisen igår och nu är jag rädd att det är han som är anhållen. För mig är det otänkbart att han kan något med mordet att göra, jag blev faktiskt chockad när jag läste om det i morse, och känner att jag måste få veta mer … och polisen säger väl ingenting.

Alice förklarade att hon egentligen inte visste mer, hon heller, men att hon hade undrat om det kunde röra sig om Johan Kristoffersson.

– Hade han och Sofie mycket att göra med varandra i skolarbetet? frågade hon.

– Inte särskilt, men jag tror faktiskt att de träffades utanför jobbet. Jag fick en känsla av det. De satt ofta och pratade med varandra i lärarrummet …

Irene Berggren hejdade sig och underströk, återigen, att hon inte kunde förstå att polisen kunde misstänka Johan. "Han är en mycket fridsam person", framhöll hon – utan att ana att Alice hade fått ett helt annat intryck.

– Men, fortsatte Alice, jag tror att du sa att han var utomlands när jag ringde. Sa du inte det?

– Jo, och det var han väl också …

– Inte när jag var nere vid hans brygga, bara ett par dagar senare. Då var han hemma. Det vet jag säkert.

Mer sa hon inte till Irene Berggren. Men hon satte sig vid datorn och började googla och gå igenom sina anteckningar igen. Kunde Johan Kristoffersson vara pappa till Sofies barn?

40

Aलice hade följt Yngve ner till båten och skulle bara gå till affären och köpa lite frukt, när Pietro kom utrusande från pizzerian.

– Hej, han är här nu, killen med hunden.

– Va? Är han här med båt?

– Ja, han ligger på tvärbryggan, på den här sidan. Innanför den där stora träbåten. Men han är nog inte där nu, jag såg att han gick utåt bergen med hunden för en stund sen.

Den här gången skulle hon inte fega ur. Hon måste fråga Marco om han verkligen inte hade träffat Sofie sen de gjorde slut. Alice bestämde sig för att gå ut mot klipporna på utsidan, där hon hade goda chanser att möta honom. Hon tog genvägen genom den trånga ravinen på västsidan och gick försjunken i tankar på vad hon skulle säga, när hon plötsligt hörde ett hundskall. På nära håll.

I nästa ögonblick kom hunden farande och hoppade på henne så våldsamt att hon var nära att ramla omkull. Det var en stor brun labrador. Och plötsligt stod hon öga mot öga med Marco.

– Inte hoppa! skrek Marco.

– Ingen fara, sa Alice medan hon försökte värja sig mot den oberört hoppande och gläfsande hunden. Hon försökte hålla sig lugn. Inte bli rädd … hon kände ju Marco, det fanns ju ingenting som tydde på att han var farlig. Nästan ingenting.

157

Men han såg irriterad ut. Riktigt arg med sin mörka blick tätt under ögonbrynen. Som om hundens vilda attack var hennes fel. Eller – i värsta fall – som om han blev störd över att möta just henne.

– Hej Marco, sa hon med en röst som skulle låta glad.

Hans dystra drag sprack han upp i ett stort leende.

– Men hej, det är ju du! Jag kände först inte igen dig, Alice.

– Nej det var ju ett tag sen.

– Och jag är nog lite snurrig, det är så konstigt att vara här igen. Allting här ute påminner mig om Sofie … Jag kan inte gå förbi en sten utan att tänka på henne. Att vi gick här tillsammans. Hur hon satte sin fot, sin gympadoja, på den eller den stenen. Jag ser henne framför mig, hela tiden.

– Mm. Så är det, för mig också. Men jag har faktiskt en grej som jag skulle vilja fråga dig om.

– Okej, shoot.

Alice föreslog att de skulle ta sig ut ur ravinen och gå och sätta sig någonstans. De gick ut mot havet och satte sig i lä bakom en klippa. Hunden lade sig till ro med huvudet på Marcos fötter.

Det tog lite tid innan hon kom till saken. Hon tyckte att Marco hade blivit mycket äldre sen hon såg honom sist. Samma bruna ögon och samma lockiga hår, men han verkade sliten. Trött eller kanske uppgiven. Han berättade att han redan hade blivit förhörd två gånger av polisen. De hade frågat mycket om hur han och Sofie hade haft det. Han hade fått en obehaglig känsla av att de trodde att han hade varit våldsam mot henne. Frågorna de ställde hade han uppfattat som frågor till en person som var misstänkt för misshandel – eller något ännu värre.

– Jag fattar inte hur de ens kan komma på tanken. Något sådant skulle jag ju aldrig göra …, det skulle jag aldrig ha kunnat göra. Det vet väl du, Alice? Men de kom tillbaka till det där med våld flera gånger. Undrar bara vad det är för idiot som kan ha påstått något sådant.

– Men frågade de inte när du såg henne senast?

– Jovisst, men vi umgicks ju inte alls efter att vi hade gjort slut.

– Inte alls?

– Nej, jag sa ju det.

Alice tvekade en stund men bestämde sig för att våga:

– Men du träffade ju henne i våras, inte sant?

Hans ansikte mörknade igen. Alice väntade. Hon kände sina bultande hjärtslag men avvaktade. Efter en lång stund frågade han, ganska aggressivt:

– Och hur vet du det?

– Jag har sett det på en bild du måste ha tagit. Med din hund och Sofie i sin nya, rödrandiga tröja.

Marco satt tyst. Sekunderna gick. Alice visste inte om han skulle börja gråta eller bli rasande. Han suckade. Och när svaret äntligen kom var det knappt hörbart, det var nästan som om han pratade för sig själv. Han stirrade ner i marken.

– Du missförstår allting. Vi träffades av en slump ett par gånger. Jag kanske rörde mig i hennes kvarter när jag försökte komma över alltihop. Du får inte tro något annat. Jag sörjer henne lika mycket som du.

– Men varför sa du ingenting om det när jag frågade?

Svaret dröjde, Alice hörde bara att hans andetag blev häftigare.

– Inte vet jag. Jag missuppfattade väl frågan. Men jag har sagt allt jag vet till polisen. Det får faktiskt räcka.

De gjorde sällskap tillbaka in till byn. Marco skulle hälsa på Malou och Bertil, men Alice valde att inte följa med.

– Hej då Alice, sa han när de skildes. Jag blev glad när jag fick syn på dig men nu känns det bara ännu jävligare.

Yngve blev ursinnig när Alice berättade om sitt möte med Marco.

– Hur kunde du vara så oförsiktig? När du vet att han faktiskt har ljugit om Sofie? Tänk om det är han! Att den där ilskna typen från Långsund sitter anhållen betyder ju egentligen ingenting.

Alice försökte blidka honom och fick återigen lova att "åtminstone höra av sig" innan hon gav sig ut på nya äventyrligheter. De hade knappt hunnit bli riktigt sams igen, när de hörde steg i trappan och Johanna kom inflygande.

– Hör ni inte på nyheterna? De har släppt honom. De har släppt den där Kristoffersson. De hade inte tillräckligt med bevis för att få honom häktad.

41

Alice började bli nöjd med både text och bilder till sitt reportage. Hon skulle låta det vila, göra en sista koll i morgon och sen skicka iväg det. Klockan var bara fyra och himlen molnfri, hon kunde få ett par fina timmar nere på badudden. Packade ner frukt, handduk, bok, bikini och baddräkt. På en flat häll låg Fanny Berndtson, blöt i håret, och läste.

– Hej, har du semester?

– Nja, bara ett par lediga dagar. Det är mycket nu. Och vi har ont om folk, den här sommaren är det värre än någonsin. Sen i måndags jobbar jag bara med mordfallen.

– Jag fattar att du inte får säga något men hur går det?

– Det går framåt i alla fall. Och nu ska vi börja topsa i lite större skala.

– Va? Vilka då?

– Folk som Sofie kan ha haft kontakt med. Det är ingen hemlighet. Vi har just skickat ut ett pressmeddelande om det. Det kan nog gälla flera personer här på Svartskär.

Fanny dök in i sin bok igen, kanske för att slippa prata jobb, kanske för att inte frestas att säga för mycket.

Det var rätt mycket folk på udden, mest barnfamiljer som höll till vid sandstranden på insidan. Alice fortsatte mot hällarna på ut

161

sidan och fick syn på Ida som låg och solade tillsammans med en kompis. Solbrända, tonårsslanka och i nästan likadana svarta bikinis. Hon hejade på dem innan hon slog sig ner på sin favoritklippa nere vid vattnet. Det gnagde i henne att hon inte hade kommit sig för med att prata med Ida om Patrik, vare sig före eller efter det där skräckdygnet då Ida var försvunnen. Nu skulle hon ta chansen.

– Hej Alice! Sätt dig! Det här är min bästa kompis Maja.

Efter lite småprat om vattentemperatur, maneter och polisens nya planer på att topsa folk, klämde Alice ur sig en fråga om Patrik Womer. Vad var det egentligen som hade hänt?

– Han är ju bara inte klok, den mannen, utbrast Ida.

– Berätta för henne vad han gjorde, manade Maja.

– Sista gången alltså, när jag hade fått åka med honom in till stan i hans ribba, den där svarta monsterbåten, då hjälpte jag honom att bära in en massa grejor i ett pyttelitet båthus som han hade fått låna nere i hamnen. Och precis när jag skulle gå och bara tänkte tacka för skjutsen, då drog han in mig igen och smällde igen dörren ...

Ida hade låtit ivrig när hon började berätta men hejdade sig plötsligt och bet ihop. Alice och Maja satt tysta i väntan på fortsättningen.

– Så fort dörren var stängd började han krama mig och gned sig emot mig samtidigt som jag kände att hans hand började treva i min jeanslinning. Då bara skrek jag, så högt jag kunde och försökte slita mig loss. Men han släppte mig direkt, han blev väl rädd, det kunde ju finnas folk i närheten även om vi inte hade sett någon ... Och jag fick upp dörren och sprang därifrån, bara rusade det fortaste jag kunde.

– Har du sett honom sen dess?

– Nej.

– Har han hört av sig?

– Nej.

– Hur känner du dig nu då? Är du rädd?

– Nej inte rädd, men jag skulle inte våga vara ensam en sekund med honom. Och jag går helst inte ensam i stan längre, inte ens på dagen. Och inte här på ön heller, om jag tänker efter.

– Det är ju inte klokt att den galningen ska skrämma dig så där! sa Alice och slog armarna om Ida samtidigt som ilskan kokade inom henne. Men bra att du är försiktig innan vi vet mer. Du berättade väl allt det här för polisen?

Ida nickade tyst. Alice berättade kort om sin hemska båttur med Patrik. Innan hon gick tillbaka till sitt badställe gav hon tjejerna sitt mobilnummer. Alla tre lovade att höra av sig till varandra så fort de kände sig det minsta hotade – eller ”såg skymten av Patrik”. Det sista tummade de på.

Det var varmt i vattnet och Alice tog en lång simtur. När hon kommit upp ur vattnet såg hon Yngves båt långt ute till havs och greps omedelbart av sin oresonliga lust att ha honom inom räckhåll. Samtidigt insåg hon att hon borde tala om för Kristina att deras misstankar häromkvällen hade varit obefogade. Det kändes obehagligt att Kristina kanske fortfarande gick omkring och funderade på om Yngve hade haft en hemlig relation med Sofie.

Hon skrev ett kort sms: *Allt väl, inga hemligheter, inga misstankar.* Och fick snabbt svar: *Underbart. Ni kommer väl i morgon?*

Oj. Det hade hon glömt. Avskedskalaset! Kristina och Simon skulle ju åka hem på söndag och de skulle som vanligt ha kalas kvällen innan, den här sommarens sista-natten-med-gänget-fest. Och visst skulle de komma. Självklart, hon längtade verkligen efter att träffa dem också, det kändes som om det var alldeles för längesen. Särskilt efter allt som hade hänt de senaste dagarna.

Hon började gå hemåt utan att kunna släppa tanken på Patrik. Övergreppet mot Ida måste väl ha resulterat i en polisanmälan? Och hur som helst måste de väl kalla honom till topsningen? Hon såg att Fanny låg kvar på sin klippa och läste. Skulle hon tipsa Fanny?

Yngve hade just kommit hem. Och han hade redan fått ett sms från polisen. En kallelse till nytt förhör och DNA-analys.

Du kallas till förhör med anledning av ett allvarligt brott tidigare i somras. Du är inte misstänkt. Ett stort antal personer har kallats av samma anledning som du. I samband med förhöret kommer du att få lämna salivprov för DNA-analys. Ring nedanstående telefonnummer för att boka exakt tid, i första hand tisdag den 28 juli.

42

De hörde sorlet och musiken från Ebbas terrass på långt håll. Yngve och Alice var lite sena, de flesta var tydligen redan där.

På bordet stod stora fat med räkor, musslor, krabbor och till och med några ostron som Johanna och tvillingarna hade plockat i sundet. Alice ångrade att hon inte hade sin kamera med sig: både skaldjursfaten och människorna avtecknade sig så snyggt mot vattnet i kvällssolens milda ljus. Yngve ställde ner sitt stora porslinsfat med nykokta havskräftor och sorlet tog ny fart. Som vanligt hade alla klätt upp sig lite extra till avskedsfesten, sommarklänningar, nystrukna skjortor, Kristina hade högklackade sandaletter och Erik sin panamahatt. Ebba sköt upp solglasögonen i pannan och knackade i glaset.

– Skål för den här hemska sommaren, för dem som inte är här och för oss som saknar dem så fruktansvärt!

Alla drack under tystnad, en tystnad som blev ovanligt lång.

– Och tack för att ni finns! tillade Ebba efter en stund. Vi får fira det vi har kvar!

– Och glöm inte att det är kappsegling i morgon, tillade Erik. Hoppas att ni kommer allihop, jag ska i alla fall vara med och tävla med Yngves gamla optimistjolle.

Simon kom fram och lade armen om Alices axlar.

– Hur är det med dig?

Hon hade alltid tyckt mycket om Simon. Mellan dem fanns en särskild sorts värme, en förbehållslös och stimulerande vänskap. Hon visste att han ville ha ett uppriktigt svar på sin fråga, det var inget kallprat.

– Det är fint, trots allt. Faktiskt underbart även om livet är en förbannad bergochdalbana. Jag tänker på Sofie varje dag. Och du?

– Inte bra alls. Jag tänker också på henne nästan jämt. Det är sorgligare än vanligt att åka härifrån. Och min separationsångest blev värre alldeles nyss, när Ebba sa att hon funderar på att flytta från ön. Alice kastade en blick på Ebba som stod och pratade med Erik.

Senare på kvällen, när de satt och åt, berättade Ebba att hon redan hade börjat titta på hus i Göteborg. Framför allt sen hon hade fått reda på att kommunen hade planer på att stänga både skolan och förskolan på Svartskär.

– Vi får se hur jag gör, än är ingenting bestämt, sa hon för att runda av och dämpa de högljudda protesterna som brutit ut runt hela bordet. Men sen sänkte hon rösten och vände sig till Alice som satt närmast.

– Det är ju minnena också. Alla säger att man aldrig kan fly från sina minnen men jag vet inte, det är så himla tungt nu. Jag blir inte av med den där rädslan. Det verkar ju som om polisen har blivit ganska säker på att David blev mördad, att det inte var fråga om någon oavsiktlig matförgiftning. Det skulle faktiskt vara skönt att komma bort från allt det här. Från hot och hat eller vad det nu är som finns här någonstans utan att vi vet var eller vem eller varför. Det är som om barnens och min tillvaro vilar på ett gungfly. Den trygghet vi hade byggt upp, den är som bortblåst.

Alice klappade henne på knät under bordet, som en tafatt tröst, hon hade svårt att hitta de rätta orden.

– Men, fortsatte Ebba, jag har faktiskt lust att flytta till en stor stad också. Gå på konserter, på teatern igen.

De fortsatte småprata, länge och lågmält – ända tills de överröstades av att alla de andra stämde upp i en mångstämmig och skrålande version av Möte i monsunen.

Till höger om Alice satt Vilhelm och sjöng med sin djupa basröst. Han kunde hela texten, ord för ord. Men slutorden med ”den glittrande blåa ocean …” hade knappt tonat ut när han flyttade sig ännu lite närmare Alice och började prata om Sofie.

– Du måste väl veta om hon hade någon kille som kan ha varit med på seglingen?

– Faktiskt inte. Men jag har ingen lust att prata om det där just nu.

Vilhelm såg lite snopen ut och vände sig i stället till hela bordet för att berätta att Torsten på Bohustidningen hade varit på Svartskär hela dagen. Tagit en massa bilder och gått runt och frågat folk om vad de tänkte om ”Dubbelmordet”. Det var det ordet tidningen hade börjat använda.

– Jag sa bara som det är, att folk ju snackar om det. Det går väl en del rykten också och det finns väl några som känner sig utpekade. Men många är visst upprörda över det där med topsningen. Det hör jag också. Folk undrar ju om vem som helst kan bli kallad.

– Men det är ju frivilligt, sa Yngve.

– Frivilligt och frivilligt, invände Erik. Hur kul är det att säga nej för den som blir kallad i samband med ett allvarligt brott?

– Har du fått någon kallelse? Jag fick ett sms igår med en kallelse fast jag redan har varit på förhör.

Erik nickade. Simon och Vilhelm hade också fått samma sms. Alla utom Erik försäkrade att de skulle infinna sig. Självklart. Varför skulle man inte göra det? Om man inte hade något att dölja?

Diskussionen blev allt hetsigare. De flesta tyckte att det var en moralisk plikt att ställa upp. Men Erik ansåg att det var en principiell fråga om integritet, om intrång i oskyldiga människors liv. Han blev mer och mer påstridig.

Det var redan ganska mörkt när de såg Lazuli komma seglande runt udden. Malou och Bertil hade varit ute med båten sen i måndags, första gången de var på en längre tur efter tragedin. En liten hoppfull glimt i mörkret, tänkte Alice i samma stund som hon hörde Erik höja rösten:

– Det enda de är ute efter är väl vem som var pappa till Sofies barn. Då lär ju folk få något att snacka om i alla fall.

Och sen vände han sig om och gick utan ett ord.

– Äh, han hade väl bara druckit lite för mycket, föreslog Vilhelm för att lätta upp den förvirrade, plötsligt misstänksamma stämningen.

– Det tror inte jag, sa Johanna bestämt, jag har länge tyckt att Erik verkar störd av något han inte vill prata om.

Yngve hade gått hem först av alla, han skulle upp tidigt på söndagsmorgonen. Alice hade satt sig på en bänk vid räcket när Vilhelm kom och satte sig bredvid henne igen. Onödigt nära, tyckte Alice.

– Jag ska bara visa dig en grej, sa han och höll upp sin mobil.

En bild på Sofie. Sofie med bara axlar, utslaget hår och den där kärleksfulla blicken rätt in i kameran.

– Fin, sa Alice när hon hade samlat sig. Är det du som har tagit den?

– Mm, svarade Vilhelm. På Badudden. Förra året.

43

Sommarens stora kappsegling fick det väder alla hade hoppats på. Sol, molnfritt, god vind, sju sekundmeter. Hela ön gav sig som vanligt ut till Hamnholmen, i ekor, paddelbrädor, kajaker, motorbåtar och små segelbåtar av olika slag. Lastade med picknickkorgar, kylväskor, badgrejor, filtar och parasoller. Segel och vimplar smattrade i den lätta brisen.

Kappseglingskommittén hade placerat ut bojar för start och mål och rundningsmärken. Kurt från affären var som vanligt tävlingsledare och hade just tagit fram sin megafon när Alice kom paddlande. Rösten dånade ut över vattnet.

– Välkomna till årets upplaga av Hamnholmen runt. Kul att så många är här och att så många har anmält sig till tävlingarna. Vi har som vanligt fyra olika klasser: Nybörjare, ungdomar, familjeklassen och seniorer. Yngsta deltagaren har inte ens fyllt sju år än och den äldsta är sjuttiosju. Värt en applåd eller hur?

Alice drog upp kajaken på stranden, lyfte ur sin ryggsäck och gick upp mot starten, där det redan var fullt av åskådare. Hon växlade några ord med Kristina som var engagerad som läkare i beredskap vid tävlingarna, klädd i vit T-shirt med ett rött kors på ryggen. De yngsta deltagarna låg och cirklade bakom startlinjen i sina optimistjollar och Alice såg till sin glädje att Lucas var med. Han hade inte varit säker på att han skulle våga ställa upp, men det hade han

169

uppenbarligen gjort. Och Johannas tvillingar var också med, i var sin båt.

Hon gick fram till Ebba som stod uppflugen på en stor sten för att inte missa något.

– Hej! Och tack för igår!

– Tack själv! Vilken dag! Jag är bara så nervös att jag håller på att spricka. Det är inte klokt men så är det.

PANG. Där gick starten. Lucas kom näst sist över startlinjen men var snabb i vändningarna på den första sträckan där de hade kryss. Alice blev varm om hjärtat när hon såg Ebba så helt engagerad i seglingen, det var i alla fall ett gott tecken. Kurt refererade tävlingen som en riktig sportreporter, han kunde alla namn på både barn och båtar, och hejade fram allihop. Alice och Ebba gick upp på bergknallen mitt på ön för att se hur Lucas klarade rundningen av den bortre udden och tjöt av glädje när de såg honom komma iväg som trea på den sista långa sträckan.

– Hallå! Tack för igår!

Det var Johanna som kom och gav dem varsin björnkram utan att ta blicken från de tävlande jollarna.

– Herregud, inte visste jag att jag hade en sådan hysterisk hockeymorsa inom mig, stönade Johanna och fick medhåll av Ebba.

– Ja, hur ska det här gå, man önskar ju att de fick vinna allihop!

– I alla fall våra tre ungar, svarade Johanna, då skulle åtminstone jag vara helt nöjd.

Direkt efter målgången slog de sig ner på gräset allihop och tog ett mellanmål med hallonsaft och sockerkaka. Efter en stund kom Erik och satte sig hos dem. Alla pratade om seglingarna, ingen sa ett ord om vare sig topsning eller något annat kring mordutredningen. Men Alice märkte att Erik satt i andra tankar, han deltog knappast alls i samtalet.

– Erik, är du laddad nu då? frågade Johanna på sitt bryska sätt.

Visst vann du din klass förra året?

Erik nickade utan ett ord.

– Och Lilly och jag ska segla med mamma sen, sa Lucas stolt.

– Ja, de hade ju sett fram emot att segla med David i familje-
klassen ända sen förra sommaren, förklarade Ebba. Och båda två
har lärt sig simma bara för att få vara med på kappseglingen. Så jag
kunde bara inte säga nej.

– Men är du säker på att du orkar? frågade Alice.

– Ja, det går bra. Vi tar det lugnt och räknar inte med att vinna!

– Det gör vi visst det, invände Lucas. I alla fall jag.

Många hade samlats kring starten när det började dra ihop sig till
familjetävlingen. En vuxen och två barn från samma familj i triss-
jollar och andra små segelbåtar. Alice blev lite förvånad när hon såg
att Torsten från Bohustidningen stod mitt i den lilla folksamlingen,
uppenbarligen på jobb med kamera över axeln och block i handen.
Just då vände han sig om och gick direkt fram till henne.

– Hej Alice, rätt spännande det här också, eller hur?

Alice avstod från att protestera mot hans anspelning på mordfal-
len och mumlade bara något instämmande. Och Torsten fortsatte:

– Jag har hört att det blir nytt svenskt rekord i DNA-topsning
den här gången. Halva ön ska visst in till polisen nästa vecka.

– Det är möjligt. Du vet nog mer om det än vad jag gör.

– Jag tror att det är Mendez, åklagaren, som har satt fart på snu-
tarna. Hon lär vara rejält förbannad på att polisen inte har kommit
längre med utredningen. Och jag märker ju att Svartskärsborna ock-
så är rätt sura på det inte händer något. Det är många som säger att
de är rädda och börjar bli misstänksamma mot allt och alla. Jag …

PANG. Startskottet gick för familjeklassen och till och med
Torsten fick annat att tänka på. Ebba och barnen kom snabbt iväg
i Davids gamla trissjolle Ankan. Ebba satt till rors och Lilly och
Lucas hade varsitt skot till focken att hålla reda på. Alice och Erik
stod bredvid varandra och hejade och skrek. Första vändningen ge-

nom vind gick inte så bra, de kom långt efter alla andra, men sen gick nästa slag nästan perfekt. Ankan låg femma när de hade kommit runt den första udden.

Erik hade kikare med sig och rapporterade att alla tre såg glada ut, när de hade slackat ut seglen inför den sista långa sträckan på utsidan av Hamnholmen. Vinden hade friskat, alla båtar sköt fart i den kraftiga medvinden, plötsligt gick det väldigt fort.

– NEJ!

Det var Alice som skrek. Ankan hade fått en slängjipp, seglet for över till andra sidan med våldsam kraft och vräkte omkull båten. Först såg Alice inget annat än den kapsejsade båten men i nästa ögonblick dök Lucas huvud upp och sen Ebbas. Ebba crawlade så fort hon kunde runt båtens akter samtidigt som Vilhelm kom susande i en av funktionärsbåtarna. Ännu inte en skymt av Lilly.

Erik stod fortfarande med kikaren för ögonen, sammanbiten och stum.

– Men säg något, ser du inte Lilly någonstans? skrek Alice.

– Inte än. Och inte Ebba heller, just nu.

44

—Jaa! Där är Ebba! Hon ligger i vattnet, hon var bara skymd av båten. Men hon dyker!

Eriks röst lät som ett skrik på hjälp. Alice blev iskall. Hon förstod att Lilly måste finnas kvar nere i vattnet, under båten. Samtidigt såg hon i vitögat att Lucas lyftes upp i Vilhelms båt.

– Har inte Ebba kommit upp igen, Erik?

– Jo nu. Men det är bara hon. Ingen Lilly. Hon dyker ner igen.

Två andra följebåtar hade hunnit fram till haveristen och Alice såg att Kristina var ombord i den ena. Båda förarna dök rätt ner i vattnet. Varje sekund kändes som en evighet.

– YES! Där är de, jag ser Ebba med Lilly i famnen … hon trampar vatten … och nu är Vilhelm framme hos dem.

Erik vrålade men höll kvar kikaren framför ögonen.

– Och Vilhelm lyfter upp Lilly i sin båt. Och Lilly vinkar! Rena segergesten! Hon skrattar!

Hela den lilla familjen fick åka i Vilhelms båt. Både Lilly och Lucas satt i Ebbas knä den korta biten in till Hamnholmen. Så fort de hade kommit in till stranden undersökte Kristina båda barnen ordentligt och konstaterade att de mådde förvånansvärt bra. Inga som helst tecken på att någon av dem fått i vatten i lungorna.

Alice trodde ändå att den dyblöta familjen skulle åka hem direkt men Lilly och Lucas insisterade på att få vara kvar på Hamnholmen. Ebba gav med sig, det kanske var bra för dem att inte behöva avbryta allt. Och hon hade med sig både ombyteskläder och en termos med varm saft.

Tillsammans slog de sig ner på gräset med sina picknickkorgar och började duka upp lunchen, delvis för att få lite annat att tänka på. Potatissallad, köttbullar, korv, tomater från Ebbas växthus, kall pizza, öl, vatten, saft och det som var kvar av sockerkakan. Barnen verkade inte det minsta medtagna, de berättade i mun på varandra om dramat. Ebba fyllde i och förklarade att Lilly hade fastnat i fockskotet, under vattnet. Skotet måste ha kommit i kläm någonstans när båten välte.

– När jag kände att det satt fast, trodde jag det allra värsta. Jag slet som ett vilddjur i det där satans skotet och plötsligt bara lossnade det. Jag måste ha fått övernaturliga krafter.

Erik åt fort, det var snart dags för vuxenklassen. Alice hade inte haft någon lust att kappsegla i år men ville vara med och heja fram Erik. Hon gick bort till starten där åskådarna redan flockades inför veteranernas kamp. Den var den segling som alltid var mest laddad med prestige och hetsiga känslor.

Alice gick fram till Barbro som också hade gjort sig ledig från affären för att vara funktionär vid seglingarna.

– Hej på dig, Alice, vet du hur det är med Lucas och Lilly nu?

– De är uppfyllda av äventyret men verkar vara i god form. Tack och lov.

– Å så skönt! Den familjen har fått så att det räcker den här sommaren.

Startskottet gick och Erik var först alla över linjen.

– Känner du den där långa smala killen? frågade Barbro.

– O ja, det är ju Erik, en av mina bästa vänner.

– Så han kände Sofie sen gammalt?

– Ja, vi gick i samma klass i gymnasiet alla tre.

– Var de tillsammans?

– Det är möjligt, men i så fall för många år sen.

– Men jag kan svära på att jag dem två ihop någon gång i våras. På ett kafé i Göteborg. Jag ska inte säga säkert, men jag fick i alla fall intrycket att de satt och … vad ska jag säga … småhånglade.

45

Det kändes tomt och lite sorgligt. Som första varningen för att sommaren skulle ta slut. Sommargästernas semestrar var i alla fall förbi, de flesta hade åkt hem direkt efter kappseglingen i söndags. Simon och Kristina också. Och Erik. Dessutom hade Yngve hade gett sig ut ovanligt tidigt i morse för att hinna in till polisen i eftermiddag. Det var idag "halva ön" skulle topsas.

Utanför affären hade Alice stött ihop med Vilhelm, på väg till stan för att infinna sig hos polisen. Han hade tydligen fått mycket beröm för sin snabba insats vid haveriet och berättade att han hade fått fina teckningar som tack av både Lucas och Lilly. Alice undrade fortfarande om han hade menat något särskilt med att visa henne bilden på Sofie på avskedsfesten, men ville inte ge efter för sin vaga känsla av obehag. Hon gick in och köpte ett ex av Bohustidningen: ett helt uppslag med bilder från kappseglingen som folkfest. Och inte ett ord om olyckstillbudet.

Efter en kajaktur runt ön och en snabblunch på rester, direkt ur kylskåpet, satte sig Alice vid datorn igen. Betalade räkningar, städade skrivbordet, satte in några kvitton i deklarationspärmen. Skickade sin faktura till mattidningen. Satte på en tvättmaskin. Och gick till slut ut och rensade ogräs ett par timmar med Lana Del Rey på repeat i lurarna.

På Yngve hade det låtit som om topsningen var ett ärende som alla andra, en praktisk sak som bara skulle fixas … men för henne var det mycket mer laddat. Hon visste ju att det skulle dröja innan resultaten blev kända, men började bli allt säkrare på att man skulle få svara på frågorna om både faderskapet och morden. Och hon längtade så våldsamt efter att få klarhet, mest av allt för att snart få slippa gå och misstänka den ene efter den andre. Till och med sina vänner.

Äntligen kom Yngve. Hon hade redan dukat bordet och satt in en fisksufflé i ugnen men ville inte vänta på att den skulle bli klar. Hon ville höra allt med detsamma. De slog sig ner på glasverandan så fort han hade kommit innanför dörren och fått en hastig kyss.

– Berätta, hur var det?

– Det fick fort och lätt. Inget nytt förhör, bara en pliktskyldig fråga om jag hade något nytt att säga. Då sa jag bara det lilla jag visste om Patrik, men det verkade de inte så intresserade av.

– Men hur gick det till?

– Man fick en lång sticka och sen fick man peta själv på insidan av kinderna och lite under tungan. Sen var det klart.

– Men såg du någon mer som var där?

– Ja, faktiskt. En av killarna på bilverkstan gick ut från polishuset samtidigt som jag gick in. Och när jag var klar mötte jag Pietro. Han tyckte att det kändes bra att få hjälpa till.

– Du såg inte till Erik?

– Nej men han kan ju ha varit där ändå.

Alice hade redan berättat för Yngve vad Barbro hade sagt om Erik och Sofie. Men ingen av dem haft hade lust att ringa och fråga honom om det stämde, om de verkligen hade haft en relation på senare tid. Alice trodde inte att de kunde ha haft det utan att hon hade vetat om det. Och Barbro hade ju inte ens varit säker på vad hon hade sett.

– Jag känner i alla fall inte för att ringa och förhöra honom om en sådan sak, förklarade Yngve igen.

Och Alice höll med.

– Visst, det är bättre att prata om det nästa gång vi ses. Det får bli när det blir.

46

Ovädret hade brakat loss direkt efter Sofies begravning. I tre dygn hade det spöregnat och blåst kuling, nästan oavbrutet. Alice satt vid fönstret i sitt arbetsrum och såg det blygrå havet vräka sig fram över fjorden och kasta sig mot klipporna. Miss Molly låg vid hennes fötter och vägrade gå ut. Yngve hade knappt kunnat fiska alls. Det kändes nästan som om hösten hade kommit trots att det bara gått en dryg vecka av augusti.

Hon försökte koncentrera sig på ett nytt stort uppdrag hon hade fått av kommunen för fjorton dagar sen: en bildserie för deras hemsida på temat "Fyra årstider". Det gick trögt.

Begravningen hade varit smärtsam, full av saknad och förtvivlan. Deras gamla konfirmationspräst som talat så fint om Sofie. Bertil och Malou förstås, tillsammans med en massa släktingar Alice inte hade sett förut. En sammanbiten Marco i mörk kostym, Erik vars blick hon inte hade lyckats möta, Kristina och Simon, tätt intill varandra. Ebba, utan barnen, i tryggt sällskap med Johanna. Flera av Sofies arbetskamrater. Vid minnesstunden efteråt hade hon hälsat som hastigast på både Johan Kristoffersson och Irene Berggren. Och många från deras gamla studentklass. Vilhelm högljutt snyftande på bänken bakom henne. Yngves varma hand i hennes. Och så Fanny, längst bak i den fullsatta kyrkan.

Ingen Patrik.

Yngve kom upp från sjöboden där han hade grejat med burar, tinor och fiskegarn i väntan på bättre väder. Han hängde av sig ett sjöblött oljeställ på glasverandan och kysste henne på hjässan.

– Ska jag göra en fiskgryta till middag? Jag tog med mig lite av varje från frysen i sjöboden.

Hon nickade och gjorde ett nytt försök att göra upp en plan för bildspelet. Ett av motiven skulle hon återkomma till under hela året. Strandängen kanske? Hon tittade också på de dramatiska bilderna hon hade tagit i morse ute på västsidan, riktiga monstervågor i ögonblicket de bröts mot klippan. Himmelshöga skumkaskader med perfekt skärpa. Skulle nog funka.

Mobilen ringde. Det var Kristina. Alice tog luren utan att släppa bilderna med blicken. Men i nästa sekund var hon helt koncentrerad på Kristinas röst, försökte uppfatta vad hon sa mellan gråtattackerna.

– De har tagit honom.

– Vem? Simon?

– Ja, de hämtade honom på jobbet.

– Vilka då? Polisen?

– Ja, jag vet inte vad jag ska ta mig till.

– Kom hit. Jag kan hämta dig.

– Nej, jag …

– Vet du varför? Varför hämtade de honom?

– Nej, men de tror att det är han som …

– Misstänker de Simon?

– Ja.

– För att ha dödat Sofie?

– Ja.

– Men det vet vi ju att han inte har. Visst?

– Jaa …

Kristina lät osäker, som om hon hade börjat tvivla. Alice anade vad hon gick igenom.

– Polisen kommer säkert att upptäcka sitt misstag ganska snart.

Så var det ju med den där Johan. Men är det säkert att jag inte ska komma och hämta dig?

– Ja, min syster är på väg hit och jag vill finnas i närheten av Simon, om det är något.

– Ta hand om dig så länge. Och var inte orolig. Vi vet ju att Simon inte kan ha gjort något sådant. Han är nog snart hemma igen.

Alice kollade senaste nytt i mobilen. "Man anhållen som misstänkt för mord på kvinna i segelbåt". Klockan var halv sex, hon satte på nyheterna i lokalradion. Direktsänd intervju med åklagaren.

– Ja, bekräftade Madeleine Mendez. Men jag vill inte gå närmare in på omständigheterna som ligger till grund för mitt beslut att anhålla den här personen som på sannolika skäl misstänkt för mord. Det gäller alltså mordet på Sofie Dorsén. Samtidigt fortsätter utredningen av ett annat misstänkt mordfall. Men där har vi ännu ingen misstänkt.

– Simon, viskade Alice för sig själv. Aldrig i livet. Inte Simon.

47

Fʏ ꜰᴀɴ! Helvetes jävla skit! Alice svor inte ofta men nu hade hon inga andra ord för sin vanmäktiga ilska. Tanken på Simon hade plågat henne hela natten. Hon hade drömt hemska mardrömmar igen, legat vaken i flera timmar och våndats och funderat. Och hur hon än hade vridit och vänt på sina tankar och teorier hade hon bara blivit stärkt i sin övertygelse: Simon måste vara oskyldig.

Hon hade redan pratat med Kristina som också legat sömnlös. Men Simon hade i alla fall fått en offentlig försvarare, en Elwing Sageson. Alice kollade på nätet: en äldre herre med egen byrå inne i stan, ofta anlitad i större brottmål, ganska framgångsrik som försvarare att döma av några nyhetsartiklar från de senaste åren.

– Sageson.

Alice hade knappt hunnit tänka igenom vad hon skulle säga, hon var inte beredd på att det skulle gå så lätt att få tag på honom. Hon presenterade sig som en av Simons närmaste vänner – och samtidigt mycket nära vän till offret, Sofie.

– Jag känner dem båda så väl att jag kanske kan bidra med något. Jag är beredd att göra vad som helst för att det här ska klaras upp och är helt säker på att det inte är Simon som är skyldig.

– Jag förstår, svarade Elwing Sageson utan att låta särskilt övertygande.

182

– Kan du tala om varför de misstänker just Simon?

Han förklarade mycket vänligt – för att inte säga farbroderligt – att han visserligen inte var bunden av förundersökningssekretessen men att han inte ansåg det ligga i klientens intresse att sprida osäkra uppgifter. Det var oförenligt med hans tystnadsplikt som advokat. För övrigt hade han inte hunnit sätta sig in i ärendet.

Alice kände modet sjunka, nästan bokstavligt som en sten.

– Men, sa han innan han avslutade samtalet, jag kan ju säga att jag inte tycker att de verkar ha så mycket på fötterna. Mer vill jag inte ha sagt.

Alice sparade resolut allt hon hade gjort hittills på bildserien "Fyra årstider" både i datorn och på ett USB-minne. Det fick vänta. Nu skulle hon lägga allting annat åt sidan, allt utom frågorna kring Sofies död. Och Simons oskuld. Inte för att hon visste om hon skulle kunna bidra med någonting men för att hon åtminstone ville göra allt hon kunde.

Hon tog fram sina anteckningar med frågor och listor över folk hon skulle kunna kontakta. Fortfarande fanns det inga uppgifter om hur Sofie hade dött, bara att hon var död när hon hamnade i vattnet. Skulle Sofie också kunna ha blivit förgiftad? Hur? Och av vem? Hon skulle be Erik hjälpa henne kolla nätet lite grundligare, särskilt vilka kontakter Sofie hade haft veckorna innan hon dog. Och hon skulle ta mod till sig och ringa till Johan Kristoffersson. Han visste kanske en hel del om själva polisutredningen, han måste ju ha suttit i långa förhör själv.

När hon hade kompletterat sina listor med telefonnummer och andra kontaktuppgifter ringde hon till Johanna för att få lite stöd. Men Johanna, som alltid annars brukade ha så lätt att bli engagerad, lät skeptisk:

– Men vad tror du att du kan göra som inte polisen gör?

– Jag vet inte, men jag måste försöka. Jag skulle bli galen annars.

Yngve var inte bara skeptisk, han tyckte att hon var barnslig och idiotisk.

– Du fattar väl vad du utsätter dig för om du går omkring och leker privatspanare? Jag tror också att Simon är oskyldig, och i så fall måste ju mördaren gå lös. Kanske här på ön. Och utan att vi har en aning om vem det är!

De var ute på kvällspromenad. De senaste veckorna hade de tagit för vana att gå en lång promenad efter middagen. Och nu hade de gått ända ut till Sydudden trots att det började skymma.

– Men jag kan inte bara gå här och känna mig eländig och maktlös. Det är inte bara för att de har plockat in Simon, det är också som om min egen sorg har exploderat i ett slags ursinne. Jag måste bara göra något.

Yngve lade armen om henne.

– Men du måste lova att du inte ger dig ut på några nya …

Hon försökte tysta honom med en puss på munnen. Men han fortsatte:

– … vansinniga äventyr, som den där expeditionen i Långsund. En helt annan sak: du tror inte att det kan vara DNA-analysen som gör att de misstänker Simon? Att det handlar om faderskapet?

– Att Simon skulle vara pappa till Sofies barn?

– Ja. Vem vet?

48

Alice hade ringt Erik flera gånger, messat och mejlat. Inget svar. Hon började bli orolig, Erik hade verkat så inbunden hela sommaren, ensam och tungsint. Det verkade som om han höll sig undan. Att han sörjde Sofie, djupt och innerligt, det var uppenbart, och Alice hade inte glömt vad Barbro hade sagt på Hamnholmen. Allt oftare snuddade hon vid tanken att han och Sofie kunde ha haft ett hemligt kärleksförhållande. På senare tid.

På avskedsfesten hade hon uppfattat Eriks motstånd mot den frivilliga topsningen som rent principiellt men nu började hon undra. Och från och med nu måste hon våga tänka alla tankar till slut, även sådana som verkade omöjliga. Kunde det vara Eriks barn? Simons?

Hon hittade Johan Kristofferssons mobilnummer utan problem. Han svarade inte heller men hon pratade in ett långt, lite omständligt meddelande. Han ringde upp nästan direkt och började med att be om ursäkt för att han hade varit så "ogästvänlig" när han fått syn på henne i sin trädgård.

– Jag blev faktiskt rädd men det är en lång historia, sa han. Är det något jag kan hjälpa dig med nu så gör jag gärna det.

Alice förklarade att hon hade flera frågor kring Sofies död och att hon ville försöka få svar på dem, bland annat för Simons skull.

– Att jag ringer just dig är kanske helt vansinnigt, ett halmstrå jag griper efter, men jag hoppas att du kan veta lite om hur polisen tänker eftersom du har råkat ut för samma sak.

Han brast inte ut i det hånskratt hon befarade under de sekunder han satt tyst. Han lät mycket allvarlig när han till slut svarade:

– Jag har faktiskt några egna tankar kring det som kan ha hänt. Som har klarnat sen jag satt anhållen själv. Men då får du komma hit. Idag. Jag åker till Grekland i morgon.

Sen gick allt mycket fort. Johan var på jobbet, i skolan som låg på Hisingen. Hon kunde åka buss praktiskt taget ända fram och skulle hinna med 15:10-bussen. Försökte ringa Yngve men fick inget svar.

På bussen försökte hon samla tankarna inför samtalet med Johan. Han hade låtit lugn och trevlig. Som om han faktiskt hade något väsentligt att berätta. Hon förstod att Yngve skulle tycka att hon var en idiot men det här kunde hon inte missa, det kändes alldeles för viktigt. Hon stoppade handen i fickan för att ta mobilen och ringa honom igen. Ingen mobil. Hon hade glömt den. Den hade blivit liggande på köksbordet.

Hon såg skolan så fort hon gick av bussen. Skolgården låg öde och tyst men bakom skolbyggnaden skymtade baracken där Johan skulle hålla till. Det var först då hon insåg att det fortfarande var sommarlov, kanske inte en enda människa i hela skolan. Hon kände att hjärtat började klappa allt fortare men försökte intala sig att det inte fanns någon anledning att vara rädd.

Dörren till baracken var olåst.

– Hallå?

Ingen reaktion. Hon gick fram till det närmaste klassrummet, knackade på och skulle just öppna dörren då hon hörde stegen bakom sig. Hjärtat hann hoppa upp i halsgropen innan hon hörde rösten:

– Hallå och välkommen! Jag trodde inte att du skulle vara här så snabbt. Förlåt om jag skrämde dig – igen!

Johan Kristoffersson var klädd i kakishorts och kortärmad tröja. Han var ännu längre än hon kom ihåg. Och rödlätt med påtagligt ludna ben och armar. Han gick före henne in i klassrummet där katedern var belamrad av böcker och stora pappersark. De satte sig vid ett par skolbänkar som stod intill varandra. Alice makade sig åt sidan för att inte komma för nära hans bara ben. Sen berättade hon lite om sina efterforskningar och varför hon ville ta reda på så mycket som möjligt.

Johan Kristoffersson lyssnade uppmärksamt och utan att visa vad han tyckte och tänkte. Men när Alice till sist frågade honom vad han hade kommit fram till, gick han rakt på sak:

– Jag vet någonting som polisen inte vet. Kvällen då Sofie låg ensam kvar i båten fick hon besök, det var sent, långt efter att hennes båda vänner hade åkt hem. En bil körde förbi mitt hus, fortsatte ner till hamnen, blev kvar där i minst två timmar och körde sen samma väg tillbaka.

Alice satt tyst i väntan på fortsättningen.

– Det är alltså den kväll då Sofie blev mördad.

49

— *Ja jag fattar! Sluta! Sluta behandla mig som en idiot!*

Hon kunde fortfarande höra sina egna ord, de ekade inne i huvudet. Hon hade kommit hem vid niotiden på kvällen och då hade Yngve varit rasande. Trots att hon hade hon hört av sig innan hon for från skolan. Hon hade lånat Johans telefon och sagt precis som det var, att hon hade haft ett ärende på Hisingen och snart skulle sätta sig på bussen. Men Yngve hade tagit reda på vems telefon hon hade ringt från och det hade räckt för att göra honom orolig eller snarare desperat.

Så när hon äntligen kom hem, uppfylld av allt hon hade fått veta, hade hon hamnat i ett uppslitande gräl, deras värsta hittills. Aldrig förr hade de beskyllt varandra för så vidriga saker. Aldrig förr hade de låtit så fientliga, nästan hatiska. Det var plågsamt bara att tänka på hur hemska de hade varit. Båda två.

Först framåt midnatt hade de rett ut det mesta och hon hade fått berätta om sitt möte med Johan och vad det hade gett.

Nu hade de ätit frukost och Yngve skulle just gå, när han började förmana henne igen: "Du måste vara rädd om dig, lova att du inte ger dig ut på några nya äventyr idag! Och absolut inte utan att säga något till mig om ..."

Men den här gången avbröt han sig själv och log mot henne:

– Ja, jag är klar. I alla fall för den här gången.

Alice satte sig vid datorn för att bringa ordning i sina malande tankar. Hon skapade ett nytt dokument som fick heta OBS Långsund. Samtalet med Johan hade varit både oroande och givande.

Nu visste hon i alla fall varför han hade blivit så upprörd den där dagen då hon överraskade honom i hans egen trädgård. Han hade suttit och småsovit och helt enkelt blivit rädd. Rädd att hon skulle upptäcka de tre tonåriga pojkarna från Afghanistan som – papperslösa och utvisningshotade – bodde i hans hus, gömda och osynliga för omvärlden. Sofie hade tydligen varit där i hemlighet, en gång i veckan, för att hjälpa killarna med studierna. Det var så Johan och Sofie hade blivit mycket goda vänner. (Hur nära?)

Det var de tre pojkarna som hade hört bilen samma kväll som Sofie hade blivit mördad. Det hade fortfarande varit ganska ljust när den kom men mörkt när den körde tillbaka, alltså tidigast vid tiotiden på kvällen. De visste inte exakt men trodde att bilen kunde ha varit där i tre, max fyra timmar. (Vem kunde veta att Sofie var där? Fadern till barnet? Erik? Marco? Simon??? Okänd förövare?)

Pojkarna hade inte sagt ett ord om den okända bilen förrän samma dag som Johan hade släppts efter att ha suttit anhållen. Då hade de insett att uppgiften om bilen kunde vara till fördel för Johan. Och själv hade han inte velat kontakta polisen eftersom han inte ville röja någonting om pojkarna och allra minst var de befann sig. Men Alice fick gärna föra uppgifterna vidare om hon kunde göra det utan att nämna något om pojkarna. (Typ av bil/motorljud? Såg de något av bilen? Kolla igen med Johan K).

Alice var plågsamt medveten om att knapphändig information om bilen i Långsund i värsta fall skulle kunna stärka misstankarna mot Simon. Hon fick påminna sig om att hon inte skulle blunda för några fakta eller jobbiga frågor. Hon skulle ringa försvarsadvokaten.

Elwing Sagesons sekreterare förklarade att advokaten inte var anträffbar förrän tidigast i morgon. Men hon kanske kunde ta ett meddelande?

– Ja tack, sa Alice, jag är glad om han ringer mig så fort han kan. Det är akut och gäller Simon Rickardsen.

Det dröjde bara någon minut innan han ringde. Alice berättade att hon hade säkra uppgifter om att en bil befunnit sig nere vid Långsunds brygga i flera timmar under Sofies sista kväll i livet.

– Det kan absolut vara värt att titta på, svarade Sageson, men det tar nog lite tid. Tyvärr hade min klient tydligen tillgång till bil den aktuella kvällen.

– Men när de hade kört hem från Långsund fick ju Kristina fortsätta direkt till jobbet? Det var ju något akut ...

– Visst. Men Simon släppte av henne utanför kliniken och parkerade själv bilen i deras garage.

Alice kände sig dum, snopen och bara ännu mer orolig. Hon gick ut i köket och satte på radion där programledaren just påannonserade dagens sista lokala nyhetssändning. Hon hörde med ett halvt öra på rubrikerna om missförhållanden i arbetsmiljön på ett stort företag och ny succématch för fotbollslaget men spetsade öronen när nyhetspresentatören fortsatte:

– Åklagaren i det så kallade seglarmordet begär nu att den anhållne mannen ska häktas som på sannolika skäl misstänkt för mord. Häktningsförhandlingen hålls i morgon förmiddag.

50

Dɪʀᴇᴋᴛ ᴇꜰᴛᴇʀ *häktningsförhandlingen idag bjuder Åklagarmyn-
digheten och Polismyndigheten in till gemensam pressträff i Udde-
valla. Plats: Uddevalla tingsrätt, Sal 1 (samma sal som häktningsför-
handlingarna hålls i). Tid: kl. 10:30 den 14 augusti.*

Åklagarmyndighetens hemsida. Men presskonferensen skulle
också sändas direkt på webben. Själva förhandlingen skulle hål-
las bakom stängda dörrar – det hade Sageson varit säker på – men
pressträffen kunde Alice alltså följa hemma vid datorn.

Häktningsförhandlingen var över på en halvtimme. En kommunika-
tör från polisen hälsade välkommen till pressträffen och gav ordet till
Madeleine Mendez som återigen tog god tid på sig för att redogöra
för bakgrunden. Alice satt på helspänn, hon ville inte missa ett ord.

– ... och den anhållne kommer därför att släppas på fri fot.
Misstankarna mot honom har försvagats och det finns därmed inte
längre skäl för frihetsberövande, förklarade Mendez och tillade att
den misstänkte hela tiden nekat till anklagelserna.

”Försvagats!” noterade Alice besviket. Alltså var Simon fortfa-
rande misstänkt även om de inte hade tillräckliga bevis mot honom.

Efter en stund gav Madeleine Mendez ordet till Stefan Mark-
ström. Han skulle ge en bild av spaningsläget ”i det här ovanligt
komplicerade fallet”, som hon sa och hänvisade till ”det eventuella
sambandet” med ett annat misstänkt mordfall.

191

– Ja precis, sa Stefan och harklade sig. Som ni vet hanterar vi alltså två mord med vissa beröringspunkter. I det andra fallet har vi ännu inte gjort något anhållande och inte heller funnit anledning att rikta misstankar mot den man som suttit anhållen för det så kallade seglarmordet. Nu vill vi återigen vädja till allmänheten att ni kontaktar polisen om ni har gjort några iakttagelser som kan bidra till att mordfallen kan lösas.

När det blev fritt fram för journalisternas frågor gick ordet först till en erfaren kriminalreporter från en av kvällstidningarna.

– Vad är det för "beröringspunkter" ni ser mellan de två morden? frågade hon och såg på åklagaren.

– Som vi redan har sagt har båda offren anknytning till Svartskär, det är ett samband som vi inte kan bortse ifrån, svarade Mendez kort och såg sig om efter nästa fråga.

Men journalisten gjorde ett nytt försök:

– Men har ni inget annat som gör att ni buntar ihop dem? När det gäller dödsorsaken till exempel?

– Det har vi ännu inte några belägg för. Som ni förstår är det föremål för den tekniska undersökningen. Vill du tillägga något? frågade hon och tittade på Markström.

– Vi kan ju bekräfta att dödsorsaken i det ena fallet var en typ av förgiftning även om vi saknar säkra uppgifter om tillvägagångssättet. I det andra fallet vet vi att dödsorsaken inte var drunkning. Vi utesluter inte någon typ av samband men får återkomma till det.

Alice blev ännu mer modfälld. Ingenting om någon misstänkt gärningsman när det gällde David. Och inget nytt om dödsorsaken när det gällde Sofie. Det verkade faktiskt inte som om polisutredningen hade gjort några större framsteg. Om de inte bara var väldigt förtegna.

– Kan ni säga något som skulle kunna ge ett genombrott i utredningen nu? frågade till sist Torsten från Bohustidningen.

– Ja vi väntar fortfarande på resultat av en del tekniska analyser som vi hoppas mycket på. Men sen är det egentligen bara tre saker:

vittnesuppgifter, vittnesuppgifter och vittnesuppgifter.

Alice försökte få tag på Yngve men han svarade inte. Och Johanna hade telefonsvararen på i salongen. Frågan var när Alice skulle kunna höra av sig till Kristina och Simon. Inte för att ställa några frågor, bara visa att hon tänkte på dem. Just nu kunde hon knappt glädja sig åt att Simon var fri igen, han var ju fortfarande misstänkt.

Hon stängde locket på sin laptop, klev i sandalerna och gick ner till Ebba.

Ebba hade börjat jobba så smått, men bara tre halvdagar i veckan så Alice var inställd på att hon fortfarande skulle vara lite skör. Men Ebba slog upp dörren med ett stort leende och var påfallande snygg, solbränd och lite uppklädd i sommarklänning med hela ryggen bar. Och solglasögonen uppskjutna i pannan.

– Hej, kul att se dig! Jag ska åka in till stan om en stund men det är ingen panik. Kom in!

Ebba hade inte hört att Simon var fri. Men hon såg inte särskilt lättad ut, tvärtom:

– Jag går ju grubblar hela tiden på det där, sa hon, och det är en sak som jag inte kan sluta tänka på …

Alice satt tyst i väntan på fortsättningen.

– … det är det där sista som David sa om Simon, ”prata med Simon” eller vad det nu var, jag hörde ju egentligen inte vad han sa, tänk om han …

– Om han menade att det var Simon? Som hade förgiftat honom?

Ebba nickade.

– Tror du det?

Ebba skakade på huvudet men såg osäker ut.

– Inte jag heller, sa Alice. Inte Simon, han skulle aldrig kunna göra något sådant. Men jag hoppas att vi snart får reda på sanningen. Det var i alla fall skönt att se att du ser ut att må bättre. Gör du det?

– Absolut, sa Ebba och log igen. Det är oväntat för mig också. Jag ska förklara sen.

Alice hade blivit lite illa berörd. Hon kunde inte låta bli att undra om Ebba hade träffat en ny man. Egentligen ville hon inte lägga sig i det, bara glädja sig åt att Ebba mådde bättre, men hon kände sig ändå lite svartsjuk å Davids vägnar. Det var ju inte ens två månader sen han dog.

Först vid sextiden fick Alice tag på Kristina. Hennes röst lät annorlunda, tonlös. Och hon talade så tyst att det var svårt att höra vad hon sa, antagligen för att hon inte ville att Simon skulle höra. De hade kommit hem för ett par timmar sen, och suttit och pratat hela tiden. "Eller suttit och suttit", rättade sig Kristina: Simon låg på soffan och hon satt bredvid och höll honom i handen.

– Men det är för jävligt, det är ju misstankarna som är värst, tusen gånger värre än att sitta inlåst, säger han själv. Uppriktigt sagt vet vi knappt hur vi ska stå ut. Det är värre än någonting man kan föreställa sig.

– Men vad säger försvarsadvokaten?

– Han tycker att det är ett gott tecken att de insåg att de inte har tillräckligt på fötterna.

– Men verkar han bra? Eller litar du inte på att han kan klara ut det här?

– Jo, det tror jag nog men …

– Hoppas det. Och hoppas att du orkar gjuta mod i Simon! Är det något jag kan göra?

– Säkert. Men inte i kväll. Tack för att du ringde, det hjälper. Vi hörs i morgon.

Alice skulle just lägga sig när Yngve kom hem. Klockan var lite över midnatt. Han skulle ta en dusch men kom först in i sovrummet. Och lät – för ovanlighetens skull – lite skärrad när han berättade vad han just hade sett nere i hamnen:

– Jo, jag hade precis kommit in till bryggan och skulle förtöja när jag fick syn på en människa som var ombord på Lazuli. Mitt i natten. Han måste ha varit nere i båten men kom upp på däck och gick sen iland direkt.

– Men kan det inte ha varit Bertil? Eller Malou?

– Absolut inte. Den här människan var mycket större. En kraftig karl skulle jag tro. Det var ju så mörkt så jag ska inte säga något säkert men han påminde faktiskt om Vilhelm.

– Vilhelm?

– Ja, han rörde sig som Vilhelm, samma lite vaggande gång.

– Men du ropade inte på honom?

– Jo … men han var så långt bort så han hörde kanske inte. Han började bara gå lite fortare.

51

Lördagsmorgon. De hade dröjt sig kvar i sängen ovanligt länge, älskat och småpratat. Om vad de kunde göra för Simon och Kristina. Och om den mystiske mannen ombord på Lazuli. Plötsligt kom Alice ihåg något som Vilhelm hade sagt de där första dagarna då de fortfarande hoppades på ett livstecken från Sofie. Något om hur vädret hade varit till sjöss.

– Han hade varit och hämtat sin båt på något varv vid Marstrand ungefär samtidigt som hon försvann … Jag tror att det var på tisdagen han var där, alltså samma dag som Sofie skulle ha seglat hit. Vi satt inne på kontoret i affären när han sa det, dagen före klassfesten.

– Så han var där nere vid Långsund just då? frågade Yngve misstroget.

– Ja han sa i alla fall något om att han hade varit där i närheten med sin båt, det är jag säker på. Att vädret hade varit fint där, den dagen. Men då tyckte jag inte att det var något konstigt … eller misstänkt.

– Och det behöver det ju inte vara heller, fyllde Yngve i. Men jag kan ju i alla fall fråga om det var han som var ombord på Lazuli i natt. Det gör jag i vilket fall som helst.

De tog ett sent morgondopp tillsammans och gjorde i ordning en lyxfrukost med jordgubbssmoothies, färska björnbär och nybakade snabbfrallor.

Alice telefon ringde. Hon såg att det var Ida och svarade direkt.

– Han är här, Alice! Patrik. På ön. Jag såg honom när han parkerade bilen nere på Hamnplan alldeles nyss.

– Och var är du?

– Hos Mary men hon är inte hemma. Hon är hos sin syster i Uddevalla hela helgen.

– Men kom hit då, vet jag. Det är säkert ingen fara men jag ber Yngve gå och möta dig så slipper du vara orolig.

Ida verkade riktigt uppskrämd. De kom snabbt överens om att hon skulle bo kvar hos Alice tills Mary var hemma igen.

– Trevligt, sa Yngve. Men ska vi kanske hitta på något kul att göra tillsammans alla tre idag? Vädret är ju i alla fall bra. En tur till Ytterskären? Vattenskidor? Lunch i Marstrand? Eller Smögen?

Äntligen log Ida.

– Du får bestämma Ida, sa Alice.

– Skären, svarade Ida, jag vågar inte åka dit själv längre. Och gärna vattenskidor också.

När de kom hem igen såg de att Patriks bil stod kvar på Hamnplan. Alice gick in i affären för att försöka få reda på lite mer. Och Vilhelm, som satt i kassan, berättade att Patrik nyss hade varit där och frågat efter Mary.

– Jag sa att jag trodde att hon var hos sin syster i Uddevalla, hon brukar ju vara där ibland.

– Och han frågade inte om något annat?

– Nja, inget särskilt, han undrade bara om Ida var kvar på ön.

Efter middagen gick alla tre ut på kvällspromenad till Korpbranten, den höga klippan i väster som var som gjord för solnedgångar. De satt länge och såg solen sakta sjunka ner i havet. Först när den hade försvunnit helt under horisonten började Alice berätta om sitt senaste samtal med Kristina som hade blivit ännu oroligare för Simon. Han var tydligen helt uppgiven. Svarade knappt på tilltal och verkade ha förlorat hoppet om att den här mardrömmen skulle ta slut. Alice hade också försökt ringa honom men han hade stängt av sin telefon. Orkade tydligen inte prata med någon.

– Det förstår jag, sa Ida. Jag känner igen det där: att det känns helt meningslöst att prata när man själv inte ens orkar hoppas.

– Känner du så nu? Nu när vi pratar om Patrik?

Alice hade blivit riktigt nervös. Hon hade valt att berätta för Ida att Patrik hade frågat efter henne, helt enkelt för att det kändes fel att försöka hålla det hemligt.

– Nej absolut inte. Jag tycker att det är skitjobbigt, allt som har med Patrik att göra, men det känns bättre när jag är med er.

Det var helt mörkt när de var tillbaka i byn. De bestämde sig för att ta vägen om Marys hus för att hämta lite kläder och toalettgrejor till Ida.

De hade just börjat gå nerför den långa backen ner till Marys lilla hus när de såg silhuetten som stod framför ett av fönstren och kikade in.

Det var Patrik Womer.

52

Först såg han dem inte. De hejdade sig och stod alldeles stilla under den stora kastanjen en bit från Marys stuga för att se vad han hade för sig. Han gick runt huset och kikade in i fönster efter fönster och dök till sist upp framför gavelfönstret igen. Och där blev han stående. "Det är mitt rum!" förklarade Ida med stora gester och ljudlös mimik.

Yngve fångade in Ida med ena armen och Alice med den andra och tog ett kraftigt tag om bådas axlar. Alla tre såg forskande på varandra och bestämde sig, fortfarande utan ett ord, för att gå närmare så tyst de kunde. De var bara ett par meter ifrån Patrik när de stannade och Yngve sa, med helt vanlig röst:

– Och vad gör du här?

Patrik ryckte till och tittade upp. Det tog en stund innan han insåg vilka de var. Han skrattade till.

– Oj då, jag hade bara glömt en grej, men det spelar ingen roll. Jag måste sticka nu.

Han försvann i riktning mot Hamnplan. De följde efter på visst avstånd och till slut såg de honom hoppa in bilen och köra iväg efter en rivstart.

Episoden hade satt sina spår. Morgonen därpå åt alla tre frukost tillsammans och pratade nästan inte om något annat. "Det kändes som om vi var med i en gangsterfilm, när vi gick fram emot honom, alla tre i bredd, utan ett ljud", sa Ida. Men de visste knappt om de skulle skratta eller gråta. Patrik hade mest framstått som en löjlig figur – men kunde man lita på att han var ofarlig? Alice tyckte absolut att Ida skulle ringa till polisen och påminna om det hon hade berättat förut och förklara att hon kände sig hotad.

– Det är ju sant. Säg bara som det är så får de bestämma vad de ska göra. Inte vet jag om fönstertittning är något brott. Men du ska i alla fall inte behöva gå omkring och vara rädd!

– Okej, sa Ida.

Hon gick in i vardagsrummet och stängde dörren efter sig.

Alice hade fått ett långt mejl från Johan Kristoffersson som var på Samos och arbetade som volontär med hjälp till flyktingar. Han hade varit i kontakt med pojkarna och frågat om de hade lagt märke till något mer i samband med bilen som var i Långsund på mordnatten. De hade inte sett så mycket men alla tre var överens om att den hade låtit ungefär likadant som bilen som hade varit nere i hamnen på eftermiddagen … det vill säga Kristinas och Simons bil. En av dem tyckte sig ha sett att den var ganska liten och vit.

Det var inte vad Alice hade hoppats på. Hon ville absolut inte dra in Ida i forskandet kring morden men hon lät Yngve läsa mejlet.

– Det behöver ju inte betyda någonting alls, sa han. Hur många kan skilja på motorljudet från olika bilar? Är Simons bil vit?

Alice nickade.

– Och hur många bilar är inte vita och små?

För att inte sjunka för djupt ner i missmod och oro hjälptes de åt att göra i ordning en överdådig söndagsmiddag. Ida gjorde parmesanpinnar till drinken och en gazpacho som förrätt, Yngve en krämig skaldjurpasta och Alice fixade ostbricka och björnbärssorbet.

Ida berättade att hon först hade gjort ett försök att få prata med Fanny men utan framgång. Däremot hade hon talat med en fåordig vakthavande polis som tydligen skrev ner allt hon sa, ordagrant. Han hade betraktat samtalet som en polisanmälan och hon skulle själv få en kopia så småningom.

Yngve skulle som vanligt gå upp gristidigt på måndagsmorgonen och gick hem till sig för att sova. Ida var ovanligt trött och på väg in i badrummet när Alice plötsligt kom på att hon hade glömt att dra upp kajaken ordentligt.

– Är det okej om jag springer ner och fixar det?

– Absolut. Jag klarar mig, sa Ida och såg ut som om hon tyckte att Alice var i pjoskigaste laget.

Det var tyst och stilla nere i hamnen. Inte en människa, knappt ett ljud. Vattnet låg blankt och mörkt. Och plötsligt: ett fyrverkeri av gnistrande mareld när hon drog upp kajaken på trädäcket. Så typiskt augustinätterna men lika fascinerande varje gång. Alice började gå hemåt, utan brådska eller oro, bara ovanligt uppmärksam. Medveten, intalade hon sig, medveten om riskerna men inte rädd. Hon hörde sina egna andetag och sina steg mot den nötta asfalten, ingenting annat. Men det var något som inte stämde. Som om hon kom i otakt ibland. Hon spetsade öronen, stannade till en sekund: det var inte hennes steg. Hennes mjuka gamla sneakers gav inte ifrån sig ett ljud.

Det lät som om någon följde efter henne, någon som försökte gå i hennes takt. Hon vågade inte vända sig om. Fortsatte gå och blev helt säker på att det var någon som kom smygande efter henne. Hon trevade i fickan, ingen mobil.

Vid skolhuset tog hon som vanligt av till höger och hoppades att förföljaren skulle fortsätta framåt. Men nej, den andre följde fortfarande efter. Hon ökade takten och hörde att stegen bakom henne också gick snabbare. Vid nästa krök, sista sträckan innan hon var hemma, började hon springa. Nu såg hon sitt hus, välkomnande och upplyst, men den lilla uppförsbacken fram till huset verkade oändlig.

Det var först när hon stod uppe på trappan som hon vågade vända sig om. I samma ögonblick försvann personen som skuggat henne in i mörkret. Hon såg inte mer än en skymt av en mörk silhuett. Men mindes vad Yngve sagt om mannen som var ombord på Lazuli mitt i natten. Den här såg också ut som en kraftig karl. Och det kunde ha varit Vilhelm.

Puh! Väl innanför dörren sjönk hon ner på en stol men var så fortfarande så skräckslagen att ena benet fortsatte att skaka, våldsamt och omöjligt att hejda. Hon ville inte ringa Yngve och inte skrämma upp Ida. Hade hon hetsat upp sig onödan? Det kunde ju ha varit en tillfällighet, en lek, kanske ett dåligt skämt? Eller borde hon faktiskt vara just så här rädd? För Vilhelm?

När benet hade slutat hoppa och Alice åtminstone kunde andas normalt igen kom hon på att hon måste kolla om Simon och Kristina hade hört av sig. Hon hade ringt flera gånger under dagen utan att få svar och till slut skickat ett sms vid niotiden på kvällen: *ring om ni orkar! Kram A.* Men det fanns inga nya besked så hon bestämde sig för att ringa igen. Först till Kristina. Inget svar. Sen Simon. Inget svar. Och ett sista samtal till Kristina. Inget svar, inget meddelande, bara tomt ekande signaler.

53

Alice hann knappt vakna innan hon grep efter mobilen på sängbordet. Kristina hade skickat ett sms, vid tvåtiden på natten: *Kris men lite bättre nu. Tack! Vi hörs snart.*

Alice blev inte särskilt mycket lugnare. Hon kände att hon måste få tala med Simon själv, trots att Kristina tydligen gjorde allt för att skydda honom. Hon tog mod till sig och sökte Elwing Sageson som – "tyvärr" enligt sekreteraren – var i rätten i ett annat ärende hela dagen. Hon ringde Erik som äntligen svarade men bad att få ringa tillbaka, han skulle just ha ett möte med en kund. Yngve hade redan gett sig ut på sjön och Ida sov fortfarande. Alice, som inte ville lämna henne ensam i huset, slog sig ner vid sin dator och öppnade filen som hon nu hade döpt till *Vad hände S och D.*

Alice suckade. Det enda hon hade var lösa trådar, frågor utan svar. Hon sökte på ordet "botulism" och började läsa. Botulinumtoxin, det dödligaste av alla gifter. Ett halvt kilo skulle kunna ta död på hela jordens befolkning, ett kryddmått skulle räcka för att döda alla människor i hela Sverige. Dosen som krävs för att döda en enda människa: 0,00000009 gram (intravenöst) eller 0,00000027 gram (vid inandning). Hon kunde inte ens föreställa sig en så liten mängd. Och hajade till när hon läste att giftet finns i botox. Kunde man utvinna nervgiftet ur skönhetsmedlet? I så fall måste det ju finnas på massor av ställen. Fanns det rentav på någon salong eller klinik inne i stan? Hon läste roat vidare på klinikernas hemsidor: bekymmersrynka 2000 kronor, sura mungipor 2500 kronor …

Hon ryckte till när hon hörde en dörr som öppnades. Det var bara Ida som kommit ner från gästrummet, fortfarande sömndrucken och med sitt långa hår utslaget över axlarna.

– Hej, har du sovit gott?

– Mm, bättre än på länge.

– Ta det du vill ha till frukost. Det finns yoghurt och annat i kylen och flingor i skafferiet. Så kan du fundera på om du vill följa med mig in till stan sen. Jag ska vara hos tandläkaren klockan ett men det går nog fort, det är bara en rutinkoll.

Alice lånade Yngves bil och Ida följde med. Hon skulle passa på att hämta rena kläder hemma i stan och gillade att hänga med Alice.

– Nu slappnar jag ju av. Jag hade inte märkt att jag har gått på helspänn hela tiden, jag har varit så himla rädd att Patrik skulle dyka upp någonstans.

– Du känner inte för en botoxbehandling?

– Va?

Alice förklarade att hon just insett att nervgiftet som orsakar botulism faktiskt ingår i botox. Alltså samma gift som hade dödat David. Och hon hade sett på nätet att Lizzies hudvård på Kungsgatan gjorde botoxbehandlingar. Ida blev eld och lågor.

– Vi kan väl bara gå in och fråga hur det funkar? Alltid lär man sig något.

De parkerade på Stora Torget och gick uppför Kungsgatan. På Lizzies blev de trevligt bemötta av ägaren som berättade att hon var väl förtrogen med de risker som finns med botulinumtoxin. Och att det är extremt utspätt när det väl dyker upp i botoxen.

– Man måste bara veta vad man gör, sa Lizzie. Så ni kan vara helt lugna när ni känner att det är dags!

Alice och Ida såg på varandra och brast i skratt.

När de kom ut från salongen fick Alice syn på Ebba på andra sidan gatan. Hon skulle just ropa på henne när hon såg att Ebba hade sällskap av en man som gick på ett lite slängigt sätt hon kände igen. Hon såg dem bakifrån och det var först när mannen vred på huvudet för att säga något som hon såg vem det var: Erik.

– Oj, sa hon och kom av sig helt. Det var jag inte beredd på.

Ida kände också igen Ebba men visste inte vem killen var.

– Erik. En gammal kompis till oss.

Alice ville inte springa ikapp dem. Hon ville inte heller dra för stora växlar på att Erik och Ebba var ute på stan tillsammans. Men hon kunde ändå inte låta bli att undra … var de ihop? Sen när? Inte kunde de väl ha haft ett förhållande medan David levde? Nej, det var för otroligt. För otäckt också; sådana misstankar ville hon knappt bry sig om. Ett förödande passionsdrama mellan tre helt otippade parter? Nej, hon slog bort tanken. Absolut ingenting hon skulle säga högt, kanske inte ens till Johanna.

De hade precis kommit hem igen när Elwing Sageson ringde.

– Du hade något på hjärtat?

– Ja, jag tänkte be dig om en sak men egentligen undrar jag också hur du ser på misstankarna mot Simon nu? Varför är han fortfarande misstänkt?

– Kort sagt: för att han inte har något alibi för mordkvällen och för att han bevisligen hade träffat Sofie samma dag som hon blev bragd om livet. På den förmodade platsen för mordet, det vill säga båten. Men vad var det du ville?

– Jag hoppas att du vill be Simon ringa mig när han kan. Det var bara det. Det är inte något särskilt men jag tror i alla fall att han vill prata med mig. Och jag vet att de har det jobbigt. Men jag tror att Kristina överbeskyddar honom.

54

Mobilen ringde innan hon hade hunnit ta sitt morgondopp. Men det var inte Simon, det var Erik.

– Förlåt att jag inte ringde igår, det körde ihop sig.

Inte ett ord om honom och Ebba på stan, avgjorde Alice direkt.

– Uppriktigt sagt ringde jag nog mest för att höra hur det är med dig. Du verkade så bedrövad på avskedsfesten. Jag har ringt en massa gånger.

– Jo det är fint, det är faktiskt mycket bättre nu, men hur är det med dig?

– Det är okej. Fruktansvärt tomt efter Sofie och tomt efter David, men just nu lider jag mest med Simon och Kristina. Det är ju rena tortyren, jag fattar inte att man kan utsätta en människa för att vara misstänkt för mord utan att man har tillräckligt starka bevis. Du kommer inte på någonting som skulle kunna bidra till att fria Simon från alla misstankar?

– Förutom att hitta den riktiga mördaren, menar du?

– Mm.

– Nej, bara att det är orimligt för alla som känner honom. Men jag ska tänka. Hur har det förresten gått med den där Patrik?

Alice berättade att Ida hade bott hos dem över helgen bara för att hon kände sig hotad och att hon också hade polisanmält Patrik. Erik lovade "kolla lite" som han sa.

– Tror du att det finns några som helst skäl att misstänka honom
för morden? frågade han.

– Nej. Egentligen inte. Men säker är jag inte. Han skrämmer ju
mig också. Han är gränslös på ett väldigt obehagligt sätt.

Alice ägnade hela förmiddagen åt att läsa på om botulism. Säkert
måste också polisen pröva hypotesen att både Sofie och David hade
blivit förgiftade av det där farliga ämnet. Men hur? Hittills hade de
tydligen inte hittat något samband som pekade mot en och samma
gärningsman.

Ett nytt sms blinkande till i mobilen: *Var är du?* Det var Johanna!
De skulle ju träffas och äta lunch hos Pietro klockan tolv – för tio
minuter sen. Hon skrev ett snabbt svar – *på väg* – och sprang ner.

– Ta det lugnt, det är ingen panik.

Johanna satt på uteserveringen och hade redan beställt var sin
Vegetariana åt dem. Hon såg roat på Alice som flåsande damp ner
på stolen mittemot.

– Säg inte det. Jag står inte ut med tanken på Simon, hur han har
det. Eller hur de har det, båda två, de måste ha ett rent helvete. Och
dessutom blev jag förföljd i förrgår när jag var tvungen att gå ut en
sväng mitt i natten.

– Sluta! Nu får du ge dig! Både du och Yngve ser ju skumma ty-
per överallt! Det är väl inte bara ni som får vara ute efter mörkrets
inbrott!

Alice teg. Och Johanna verkade uppfylld av något helt annat:
Marco hade ringt till henne för någon timme sen. Det var uppen-
bart att han hade velat ge sin version av sina möten med Sofie under
våren.

– Att de hade träffats av en slump ”ett par gånger” … hur troligt
låter det?

Johannas egen slutsats var övertydlig: en grimas av misstro med
uppspärrade ögon och krökt överläpp.

– Sa han var? Till mig sa han bara någonting om att han brukade röra sig i kvarteret där hon bodde.

– Ja, han brukade gå ut med hunden i Vasaparken, mitt i stan, ganska nära Sofies lägenhet. Men han bor ju själv söder om Göteborg och jobbar i Mölndal, det har jag kollat upp nu, efteråt. Vi kan be Erik försöka klara ut hur mycket kontakt de hade med varandra.

Alice kunde inte låta bli att berätta att hon hade sett Erik tillsammans med Ebba på stan. Johanna förklarade direkt att det ”självklart” inte behövde betyda att de var tillsammans. ”Två sorgsna själar som lyckas trösta varandra”, konstaterade Johanna. ”det är väl toppen.” Och Alice höll med. Men samtidigt såg hon en bild från avskedsfesten framför sig: Ebba och Erik viskande med huvudena tätt ihop. Och kom ihåg Barbros röst ute på Hamnholmen, så övertygad om att hon sett Erik tillsammans med Sofie på ett kafé. Att de hade suttit och … småhånglat? Ingenting verkade längre vara som det såg ut att vara. Vad i hela världen skulle hon tro? Och vem var det som hade skuggat henne igår? Och varför? Vad hade hänt om hon inte hunnit springa hem till sig?

Men plötsligt hade hon tappat lusten att säga något om sin oro till Johanna.

Yngve hade redan gått och lagt sig – han skulle upp i ottan igen – när Alices mobil ringde. Den här gången var det Simon. Det brände till i ögonen så fort hon hörde han röst. Han lät matt.

– Jag ska bara säga att vi försöker rädda våra liv, vårt äktenskap. Vi går igenom det här tillsammans. Kristina är fantastisk, jag älskar henne, som jag egentligen alltid har gjort. Och jag har berättat allt för henne. Att det var jag …

Simon svalde ett par gånger och Alice blev iskall.

– … att det var jag som var pappa till Sofies barn.

Och sen brast han i gråt.

55

Aʟɪᴄᴇ ʜᴀᴅᴇ ʜᴀꜰᴛ svårt att somna efter samtalet med Simon. Hon slumrade till ibland men när Yngves väckarklocka ringde 03:55 låg hon klarvaken.

Hon berättade allt vad Simon hade sagt, så exakt hon kunde. Att Simon var pappa till Sofies barn. Att både Sofie och han hade varit lyckliga över barnet. Att han hade berättat allt för Kristina och hade tänkt lämna henne. Men nu var allting förändrat, "ett overkligt helvete". Kristina försökte komma över sveket och gjorde allt för att kunna förlåta honom. Utan henne skulle han inte ha klarat tiden när han satt anhållen – eller kunnat leva vidare med misstankarna över huvud taget.

Mot slutet hade Simon sänkt rösten.

– Tack vare att Kristina är som hon är finns det en chans att vi kommer ur det här. Bara de får fast den jäveln som gjorde det. Och jag vet att du också tror på mig. Hoppas vi ses snart, jag längtar efter att få träffa dig. Men Kristina och jag behöver lite tid, vi behöver den här bubblan runt oss, vi känner oss helt hudlösa båda två.

– Vilket helvete de måsta ha, sa Yngve. Fantastiskt att hon orkar stötta honom efter ett sådant monumentalt svek. Det är nog inte många som skulle vara så storsinta.

– Nej, men på ett sätt är jag inte förvånad. Hon är så himla stark, hon vet vad hon vill. Och älskar honom över allt annat. Och nu behöver han henne.

– Och du, är du fortfarande säker på att Simon inte kan vara skyldig till Sofies död?

– Ja, det tror jag. Nej, jag menar: ja absolut. Absolut säker.

På väg ut genom dörren stannade Yngve till och vände sig om.

– Och kom ihåg att du har lovat höra av dig om du ska ut på några obskyra uppdrag! Gärna innan.

Alice hade inte ro att gå och lägga sig igen. Hon tog med sig en macka och en kopp kaffe till arbetsrummet och öppnade filen Vad hände S och D.

Hon skrollade ner bland namnen på möjliga fäder till Sofies barn och kände sig bara löjlig. Det var alltså Simon. Så lite man vet. Simon och Sofie måste ha haft ett hemligt förhållande i tre månader, ända sen i mars. Hennes kanske allra bästa vänner hade haft en kärlekshistoria som hon inte hade haft en aning om. Hon försökte mota bort känslan av att själv ha blivit sviken och bedragen. Men hon kunde ana hur Kristina kände sig. Hon skulle göra ett försök att ringa Kristina lite senare, klockan var bara lite över fem.

Simon. Simon som tydligen fortfarande var misstänkt för mord på sin Sofie. Saknade alibi men uppenbarligen inte motiv. Däremot verkade polisen ännu inte ha kommit med någon rimlig teori om hur han skulle ha burit sig åt. Och tydligen inte heller hittat något samband med Davids död. Eller? Tankarna snurrade allt fortare i Alices dödströtta huvud. Och en av dem kom hela tiden tillbaka.

Hon började återigen googla på botulism och botulinumtoxin. Och insåg att det fanns en sak hon måste ta reda på. Vid åttatiden ringde hon polisens växel och frågade efter Stefan Markström eller Fanny Berndtson, om någon av dem var tillgänglig.

– Fanny Berndtson, polisassistent.

– Hej, det är Alice. Hur går det med utredningen?

– Som vanligt, det går framåt men inte så fort.

– Jag undrar om vi kan boka ett möte i eftermiddag. Det är en sak jag skulle vilja prata om. En viktig sak, tror jag, men jag måste kolla lite mer först.

– Okej, jag är på kontoret hela dagen om det inte händer något särskilt. Hör av dig bara.

Alice brukade aldrig ljuga, det var åtminstone den bild hon hade själv. "Men nu du, Mary Matsson", tänkte hon, "nu tänker jag flyga ut i mörkret och se om vingarna bär. Jag ska ljuga så bra att jag tror på det själv."

Hon ringde.

– Ögonkliniken, god morgon.

– Hej, jag heter Ingrid Malmström och gör en underökning på uppdrag av regionen om tillgängligheten inom akutvården. Jag skulle vilja prata med någon som har överblick över er operationsverksamhet.

– Tack, då ska du få prata med Sylvia Helander på expeditionen.

Sylvia Helander svarade och Alice redogjorde snabbt för sin påhittade undersökning och kom direkt till saken:

– Och nu gör vi bland annat en särskild närstudie av söndagen den sjunde juni. Utförde ni några operationer då?

– Jag ska se efter.

Alice kände hur hjärtat bankade i bröstkorgen medan hon lyssnade till ljuden från knappandet på ett tangentbord.

– Nej, ingenting på hela dagen. Det är sällan vi opererar på söndagar även om det händer då och då.

– Och ingenting på kvällen heller?

– Nej.

– Kan du säga om det förekom någon annan verksamhet, någon annan typ av behandling på kvällen den sjunde juni?

– Det tror jag inte, men för att vara helt säker måste jag kolla med vår säkerhetsavdelning, de registrerar alla in- och utpasseringar under stängningstid.

– Jättesnällt. Det är kanske enklast om du ringer tillbaka?

Det dröjde inte ens tio minuter innan Sylvia Helander ringde.
– Nej, ingen var inne på kliniken efter klockan 12:33 den sjunde juni. Då lämnade en medarbetare lokalen och därefter var ingen där förrän måndag morgon klockan 06:55.

56

Alice hjärta bankade ännu hårdare. Kristina hade alltså inte varit på jobbet för att ta hand om ett akutfall söndagen den sjunde juni. Kvällen då Sofie dog. Hon hade inget alibi. Men tillgång till en liten vit bil. Och absolut ett motiv.

Alice ville prata med Yngve, med Johanna, med Ebba … någon av dem. Frågorna var för svåra för att hon skulle kunna klara ut dem på egen hand. Skulle hon ange Kristina, sin kära vän Kristina? Det kunde ju finnas en annan förklaring, Kristina kunde ha haft något annat för sig den där kvällen, kanske hade hon också en annan kärlek i sitt liv. Men å andra sidan: Kristina var en av de få som kunde ha tillgång till själva giftet. Botulinumtoxin, hade Alice just fått klart för sig, används för att behandla skelning och andra besvär med ögonen, det var till och med mycket vanligt.

Men inte kunde Kristina ha dödat två människor, iskallt planerat att ta livet av två vänner? Tanken svindlade.

Å andra sidan var Simon fortfarande misstänkt. Oskyldigt misstänkt.

Alice ringde Yngve men han svarade inte och skulle ändå inte komma hem förrän i morgon. Hon mådde illa, var nära att kräkas. Långsamt insåg hon att hon själv måste ta ansvar för vad hon skulle göra. Hon måste berätta det hon visste för polisen. Hon hade inget val.

Stefan Markström var på tjänsteresa, inte anträffbar förrän i morgon. Madeleine Mendez skulle vara i rätten hela dagen, förklarade killen i Åklagarkammarens växel, men han kunde ta ett meddelande. Och Fanny svarade inte heller.

Alice blev desperat. Hon visste att hon måste göra någonting men inte vad. Och att det inte fick bli fel. Hon fortsatte att ringa till polisen med jämna mellanrum för att få tag på någon som var insatt i mordutredningen men utan framgång. Under tiden läste hon allt hon kunde hitta om botulinumtoxin på nätet. Ryste till när hon insåg hur Sofie och David måste ha haft det under sina sista timmar i livet: Toxinet blockerar nervimpulserna till tvärstrimmig muskulatur och ger förlamningar i bland annat andningsmuskulaturen. Svårigheter att tugga, svälja, tala och andas samt generell muskelsvaghet, illamående, yrsel. Hon började läsa en vetenskaplig artikel om användning av botulinumtoxin i samband med ögonsjukdomar, mot skelning, tics, torra ögon, tårflöden och en massa andra besvär. Artikelförfattaren framhöll att användningen av botulinumtoxin hade "expanderat explosionsartat" på senare år. Alice blev mer och mer intresserad och bestämde sig för att skriva ut artikeln. Hon skulle visa den för Fanny Berndtson i eftermiddag.

Hon hörde snabba steg i trappan och såg en skymt av en turkos tröja genom köksfönstret. Någon knackade, öppnade själv dörren och kom in.

– Hej Alice!

Det var hon. Kristina.

57

Alice darrade i hela kroppen. Så häftigt att hon undrade om det syntes. Tusen tankar for genom huvudet: Hon vet att jag vet, hon kommer för att hämnas, för att tysta mig. Hur ska jag kalla på hjälp utan att hon märker det? Dra ut på tiden, bara vara lugn, vara som vanligt … Inte visa att jag är rädd.

– Hej, Kristina, vilken överraskning!

Alice hörde själv hur falsk hon lät men Kristina reagerade inte.

– Ja jag tyckte att det var lika bra att komma hit. Det är en grej jag måste få prata om. Och så ville jag träffa dig förstås, det var ju så längesen och du har varit så himla gullig under den här jobbiga tiden.

Kristina var precis som vanligt. Leende. Kanske lite nervös, hon såg sig omkring, som om hon ville försäkra sig om att de var ensamma.

– Är Yngve ute med båten?

– Jaa … men han kommer snart, han är på hemväg, ljög Alice och svalde fast hon var alldeles torr i munnen. Vill du ha kaffe?

Det var Patrik Womer som Kristina ville prata om. Hon hade en väninna som hade varit patient hos honom men slutat där – bara för att han hade varit så närgången. Råkade alltid nudda hennes bröst, när hon satt utlämnad i tandläkarstolen …

– Så mycket som man har hört om honom undrar man ju varför polisen inte kollar honom i stället för att ge sig på Simon. Håller du inte med?

Alice lyssnade och kommenterade så gott hon kunde samtidigt som hon försökte komma på hur hon skulle kunna smita ut eller få hjälp. Hon började ana att Kristina var ute efter att hitta en annan möjlig gärningsman … så det bästa hon kunde göra var säkert att spela med.

Med munnen torr som sandpapper och bankande hjärta nämnde hon att Patrik hade blivit förhörd av polisen och fortsatte med att berätta hur han hade betett sig mot Ida. Tills vidare kunde hon bara dra ut på tiden – men utan att veta vad hon egentligen hade att hoppas på. Hon berättade utförligt om mannen som hade följt efter henne häromkvällen. Och om den mystiska personen som hade varit ombord på Lazuli mitt i natten. Hon började kallsvettas, det kändes som om skallen var nära att sprängas av försöket att hålla låda samtidigt som hon försökte komma på hur hon skulle komma undan.

Först när Kristina gick på toaletten kunde hon andas ut en liten stund.

Hon behövde kanske inte känna sig så hotad. Hon torkade bort svetten i pannan med handryggen. Det verkade inte som Kristina ville henne något ont.

– Men vad är det här?

Kristina stod i dörren till arbetsrummet med en bunt lösa A4-papper i handen. Utskriften.

Artikeln om användning av botulinumtoxin vid behandling av ögonsjukdomar.

– Vem tror du att du är, Alice? Och vad fan håller du på med?

58

Ta det lugnt, Kristina, sa Alice och tog några djupa andetag. Vi reder ut det här. Sätt dig ner så ska jag förklara.

Kristinas blick var iskall. Hon närmade sig Alice, långsamt, men satte sig ner vid köksbordet igen och slängde pappersbunten på bordet.

– Jag vet hur mycket du älskar Simon, började Alice trevande. Er kärlek har alltid varit som något nästan ouppnåeligt för mig. Om du skulle upptäcka att Simon hade bedragit dig ... tror jag att du skulle bli förtvivlad, bortom alla gränser. Bortom allt förnuft, kan man säga. Och jag skulle förstå dig, det lovar jag. Och nu har jag fått reda på saker som gör att jag undrar ... om det är det som har hänt?

Kristina såg stumt på henne.

– Är det så? frågade Alice med sin mildaste röst.

– Vad menar du? Du har alltid verkat avundsjuk på mig för Simons skull. Svartsjuk till och med. Men vad är det du inbillar dig?

Alices hjärta slog ännu fortare. Hon visste knappt om hon var rädd för Kristina eller för risken att hon själv hade tagit fel. Men hon märkte att Kristina ändå hade lyssnat, snarare omskakad än ursinnig.

– Jag har alltid tyckt väldigt mycket om er båda, fortsatte Alice. Det gör jag fortfarande. Men får jag fråga dig en viktig sak: Vet du varför Sofie dog?

Kristina stelnade till. Det enda som hördes var köksklockans tickande.

Alice försökte igen, med sin mildaste röst:

– Vet du varför Sofie dog?

Då brast det för Kristina. Hon sjönk ihop över köksbordet som träffad av ett hjärtskott och blev liggande med armarna över huvudet. Hon sa ingenting, gnydde bara svagt, knappt hörbart. Alice hade ställt sig upp, stod tyst bredvid Kristina och betraktade den kortklippta, gracila nacken, händernas röda naglar, den smala ryggen i turkos kashmir. Först efter någon evighetslång minut började Kristina gråta, häftigt och hulkande. Men plötsligt sträckte hon på sig, tittade på Alice och skrek:

– Ja det vet jag! Det fanns för helvete inget annat jag kunde göra!

Alice strök Kristina sakta över håret.

– Orkar du berätta, Kristina?

– Vet du att hon väntade hans barn?

– Ja det vet jag. Men när fick du reda på det?

– Några dagar före deras jävla segling. Då rasade hela min värld.

Kristina grät så våldsamt att det var svårt att höra vad hon sa.

– … och då bestämde jag mig för att den där seglingen skulle bli deras sista dans. Jag hatade henne som jag aldrig har hatat förr. Det där var det enda jag kunde göra. Det enda jag visste var att jag ville ha Simon tillbaka.

– Men hur har du kunnat leva med dina hemligheter hela sommaren?

– Jag vet inte. Den som gjorde det där var en annan, en annan Kristina. Annars ville jag fortsätta att vara mig själv, det var ju nödvändigt och inte alls så svårt som man kan tro.

– Men David då? Varför måste han också dö?

– Han visste. Att det var Simons barn Sofie hade väntat. Han var ett hot. Han hade kunnat förstöra allt.

Nu rann orden ur henne. Hon berättade hur hon först hade

chansat på att hälla vatten i tanken på Davids båt. "Det tror jag inte
någon hade kunnat bevisa", sa hon med en liten nervryckning i ena
mungipan, "men det sprack ju och jag fick ta till det där nervgiftet
igen. Jag räknade med att alla skulle tro att det var matförgiftning
den gången, lax eller något. Typiskt midsommar. Det gick ju, näs-
tan." Alice tyckte att det lät som om hon pratade om en helt annan
människa när hon berättade om sina brott. Mellan snyftningarna
var hennes tonfall skrämmande sakligt.

– Men hur gjorde du?

– Vadå gjorde?

– Hur fick du dem att ta giftet?

– Inte så svårt. Medlet finns ju på kliniken, väldigt utspätt. Det
var bara att koncentrera det med hjälp av en grej vi har där, en sorts
separator. Och så hälla upp koncentratet i en liten flaska som jag
kunde ta med mig. Ingen såg att jag fyllde på Sofies vinglas ombord
på båten. Och ingen märkte när jag fyllde på Davids. Det är så lite
som behövs.

Alice drog efter andan. Men kommenterade inte, fortsatte bara
fråga medan hon fick svar:

– Jag fattar ju att du ljög när du påstod att du hade pratat med
Sofie på tisdag förmiddag. Men hur var det med seglingsbilden som
kom samma dag?

– Det var en bild från vår segling från förra året. Det var ju bara
att lägga ut den från Sofies mobil. Och sen slängde jag förstås mo-
bilen, på djupt vatten.

– Och varför?

– För att det skulle gå lite tid innan de hittade båten och henne.
Och det dröjde ju innan ni började leta på allvar.

Alice mobil ringde. Fanny Berndtson.

– Hej, du hade sökt mig igen? Vi skulle ju ses idag.

– Ja, men det är bäst att du kommer hit i stället. Nu direkt.

– Har du någon där?

– Ja.

– Känner du dig hotad?
– Ja, det kan man säga. Kom, bara kom.

59

Till slut gick allting egendomligt lugnt.

Kristina nickade bara när Alice talade om att det var polisen som hade ringt och att de snart skulle komma. Fanny dök upp efter en halvtimme tillsammans med Robert Fjällgren och då verkade Kristina närmast frånvarande. *Slocknad*, tänkte Alice som fick redogöra för det Kristina hade berättat. Robert ställde några få övergripande frågor som Kristina nöjde sig med att besvara genom att nicka eller skaka på huvudet. Hade hon åkt tillbaka till Långsund på kvällen den sjunde juni? Var det hon som hade förgiftat Sofie Dorsén? Var hon skyldig också till David Adelkrans död? Var det något mer hon ville säga?

Kristina protesterade inte med en min när Fanny förklarade att hon var misstänkt för de båda morden och skulle följa med till polisstationen för nya förhör.

Ute på glasverandan, alldeles innan de skulle gå, tvekade Alice inte en sekund: hon gav Kristina en stor kram. Hon var full av motstridiga känslor, av medlidande, sorg, förtvivlan, avsky … men ville ändå ge Kristina något slags tröst eller vänskapsbevis. Trots allt.

Alice svalde. Hon stod kvar och såg Kristina gå iväg mellan de båda poliserna, så späd och overkligt skrämmande. Kristina tittade inte ens upp mot huset igen, hon lät sig ledas och satte sig fogligt i polisbilens baksäte. Robert Fjällgren satte sig bredvid henne. Fanny körde.

Alice ryste till och satte sig ner vid köksbordet med händerna för ansiktet. Efter en stund insåg hon att hon måste ringa till Simon.

– Hej Alice! Bra att du ringer, jag undrade just om du kanske vet var Kristina är. Hon skulle …

Alice bad honom sätta sig. Och sen berättade hon allt.

Först värjde sig Simon: han vägrade tro henne, brusade upp och blev till och med arg. Han hade aldrig ens snuddat vid tanken att Kristina skulle kunna vara den som var skyldig till Sofies och David död, trots att han så väl visste att hon kunde ha ett motiv. När han så småningom insåg att det var sant, att Kristina hade erkänt båda morden, skrek han till och blev helt tyst. Alice hörde bara hans häftiga andetag.

När han till slut sa något var det som om han tänkte högt:

– Så var det alltså jag. Det var jag.

– Vad menar du, Simon?

Svaret kom i små stötar med långa mellanrum.

– Allt är mitt fel. Precis allt … Om jag inte hade varit så hjälplöst förälskad i Sofie … då hade ingenting hänt … Då hade Sofie … både Sofie och David … fått leva.

Efter ännu en orolig natt vaknade Alice inte förrän strax efter nio. Hon låg kvar i sängen och önskade att Yngve hade varit hemma, hon hade behövt honom nu. Slölyssnade på vädret i slutet av nyhetssändningen: lågtryck, regnskurar på eftermiddagen, svalare och blåsigare framåt kvällen. Men sen fortsatte radiorösten: ”Och så ska vi upprepa nyheten att en kvinna i trettioårsåldern har anhållits som på sannolika skäl misstänkt för dubbelmordet på Västkusten i början av juni.” Alice höjde volymen. En intervju med åklagaren skulle sändas direkt efter halvtionyheterna i lokalradion.

– Då säger vi välkommen till åklagaren Madeleine Mendez, började den kvinnliga reportern och fortsatte direkt: En kvinna är alltså anhållen som misstänkt för morden på Sofie Dorsén och David

Adelkrans, båda 28 år. Det är tredje gången ni gör ett anhållande i fallet med Sofie men första gången när det gäller mordet på David Adelkrans. Vad har den anhållna haft för motiv enligt er?

– Vi har en klar motivbild men kommer inte att redovisa den på det här tidiga stadiet. Vi får återkomma det.

– Hur har de båda morden gått till?

– Det vill jag inte heller gå in på än.

– Det är också tredje gången ni anhåller någon på sannolika skäl, alltså den starkare misstankegraden. Men hur säkra kan ni vara på att ni har rätt person den här gången?

– Så säker man kan vara på det här stadiet. Vi har en hel del teknisk bevisning. Och vid förhören tidigt i morse har den anhållna kvinnan erkänt. Båda morden.

60

Simon kom ut till Svartskär på fredag förmiddag. Med bussen, polisen hade tagit hans och Kristinas bil i beslag. Alice hade fått lägga ner mycket energi på att övertala honom, han ville helst inte visa sig på ön. Hon lade märke till att han hade fällt upp jackkragen och dragit ner sin ribbstickade mössa i pannan. Han var blek och mager. Och såg plötsligt mycket mindre ut, konstaterade Alice. Som om skuldkänslorna tyngde honom rent fysiskt.

– Jag är nästan mest rädd för vad Malou och Bertil ska tänka och känna, bekände Simon när de satt och åt lunch i köket. Jag kan aldrig komma ifrån att det var mitt fel, alltihop. Om jag bara hade kunnat avstå från Sofie hade ingenting hänt. Det var jag som satte igång allt, hela den här ofattbara tragedin.

– Men har du någon idé om hur du ska göra för att kunna leva med det? frågade Alice. Jag menar inte bara med tanke på vad folk ska tycka. Mera för din egen skull?

– Nej. Jag har ingen aning men jag tänker på det. Hela tiden. Men det finns ingenting som kan göra min skuld mindre. Hur är det med dig till exempel, kommer du någonsin kunna förlåta mig?

Alice blev överrumplad. Visste att hon måste vara uppriktig.

– Så småningom kanske. Det gör för ont nu. Men du är fortfarande en av mina allra bästa vänner. Jag tycker att du har varit en förblindad, vanvettig idiot, du har burit dig åt som en barnunge och förstört obegripligt mycket för många. Men det kan aldrig vara ditt fel att det skulle sluta i två mord.

Hon avstod från att säga tre.

Simon tänkte inte gå på Davids begravning i morgon. Han var rädd att de flesta skulle bli illa berörda av att se honom där. Alice protesterade inte.

De gick en lång promenad i bergen tillsammans. Pratade mest om Kristina, ingen av dem kunde förstå hur hon hade kunnat gå så långt i sin svartsjuka. Och inte hur hon hade kunnat hålla skenet uppe så länge. Hur målmedvetet hon hade betett sig hela tiden, inte minst nu på slutet när hon hade försökt lappa ihop sitt äktenskap igen.

– Hon var som nyförälskad, berättade Simon, det var som om hon ville göra allt för mig. Hon var kärleksfull, till och med rolig mitt i alltihop, charmig, helt fantastisk. Kanske för att det hemska hon hade gjort skulle ha haft någon mening?

– Men jag fick en känsla av att hon ville att ni skulle isolera er, att hon gömde er för världen? Var det inte så?

– Jo. Det var hennes idé. Det var väl hennes enda chans att kunna spela den där rollen så bra. Och slippa ta några risker att bli avslöjad.

När Simon skulle åka hem följde Alice med honom ner till busshållplatsen på Hamnplan. De vinkade åt Vilhelm som var på väg in i affären. Alice rodnade, hon skämdes över att hon, bara för några dagar sen, hade misstänkt och till och med varit rädd för den fredlige Vilhelm.

– Lova att du hör av dig ofta, Simon! Och särskilt om det känns tungt.

– Lovar. Och tack för idag, Alice! Du är en ängel.

Yngve skulle inte komma hem förrän sent på kvällen. Alice gick sakta hemåt. Aldrig hade hennes steg varit så blytunga och uppförsbackarna så långa. Och när hon kom innanför dörren kändes huset bedövande tomt. Hon var oförmögen att ta sig för någonting. Orkade inte tänka på alla svåra frågor som snurrade i huvudet.

Hon hämtade en pläd och lade sig på kökssoffan. Kände sig minst av allt som någon ängel. Snarare nerskitad av själva närheten till morden och det som ändå måste vara något slags ondska. Och dessutom öm i själen efter att faktiskt ha angett en av sina närmaste vänner.

Klart att det var det enda rätta, men det gjorde ont.

När telefonen ringde insåg hon att hon trots allt måste ha somnat och sovit ett bra tag. Det var Yngve som just rundade Hamnudden.

Alice for upp ur kökssoffan, slängde på sig en jacka och rusade ner mot hamnen. Hon längtade besinningslöst efter honom. De hade inte pratat med varandra på hela dagen. När hon såg båten komma in mellan pirarna blev hon märkligt lugn.

På vägen uppför backen höll han armen om hennes axlar. De gick tysta.

När de hade kommit innanför dörren berättade Alice lite om Simon och hur plågad han var av både skuld och skam. Hon lade sig på kökssoffan igen medan Yngve lagade middag. Efter maten flyttade de in till soffan i vardagsrummet och låg där i flera timmar och pratade igenom allt som hade hänt de senaste dagarna. Allra mest om hur de skulle kunna hantera insikten att Kristina, deras goda vän Kristina, gjort sig skyldig till två så fruktansvärda brott.

Men efter en lång stund då de bara legat tysta och sett varandra i ögonen, lyfte Yngve på huvudet och frågade, stödd på ena armbågen:

– Vet du vad jag tänker på?

– Ja.

– Vadå?

– Hur skönt det ska bli när det här någon gång är över.

– Exakt.

– Yngve, sa Alice allvarligt, du vet väl att det är du som gör att jag orkar leva mig igenom det här? Utan dig … nej jag kan inte ens tänka tanken.

227

61

Alice hade just satt just satt på sig sin svarta ärmlösa linneklänning och hängt fram kavajen när det knackade på dörren. Det var Erik i svart kostym, vit skjorta och slips.

– Hej, jag tänkte få sällskap med er till kyrkan.

Alice log.

– Visst. Yngve är snart klar.

– Varför ser du så ut där?

– Hur då?

– Lite … vad heter det: insinuant.

– Jag såg dig och Ebba på stan. Visste inte att ni var sådana kompisar …

– Men det är precis vad vi är. Av en massa olika skäl har vi kommit att betyda mycket för varandra på sista tiden.

Erik gjorde en konstpaus och såg Alice i ögonen som för att försäkra sig om att hon trodde honom, innan han fortsatte:

– Men om du undrar: vi är inte ihop! Vi är faktiskt ”bara” vänner, det vill säga ovanligt goda vänner som är jävligt bra på att läka varandras sår. Hon har blivit det som Sofie var för mig på slutet. Men på ett helt annat sätt.

– Lika bra att jag passar på att fråga dig om en annan sak, om du ursäktar: hur nära vänner var du och Sofie egentligen i våras?

– Väldigt nära, på ett sätt. Vi hade något speciellt ihop och det var väldigt viktigt för mig i alla fall. Det är väl därför jag har varit så vilsen hela sommaren.

– Ursäkta igen att jag frågar, men var ni ihop också? Det var någon som påstod det, någon som hade sett er tillsammans på stan.

– Absolut inte. Det kan du hälsa den som har sagt något sådant. Det såg kanske ut så, vi gick och satt alltid tätt ihop, liksom vilade mot varann … Men när jag tänker på sista gången vi sågs och minns hennes ansikte, då tycker jag att jag borde ha förstått att hon hade en hemlig kärlek. Det strålade ju alltid om henne, men den gången var det något särskilt.

Regnet hade kommit medan de var på väg till kyrkan. Det var ingen som stannade till på kyrkbacken, alla gick direkt in och satte sig. Kyrkan var i det närmaste fullsatt fast de var ute i god tid. Ebba satt längst fram tillsammans med sin mamma och barnen och Davids föräldrar. Alla öbor var visst där och många gamla klasskamrater, hon såg Karim och Nina på långt håll. Ingen Patrik. Men Fanny var där, civilklädd.

Ceremonin i kyrkan blev vacker och tårfylld. Prästen som själv hade känt David mycket väl gav en fin bild av honom och avslutade med några ord om försoning och förlåtelse. Alice huttrade till. Hon kände sig träffad. Hur skulle man någonsin kunna förlåta Kristina? När saknaden efter de döda gjorde så fruktansvärt ont?

Vid minnesstunden efteråt i församlingshemmet kom Marco fram till henne.

– Förlåt, sa han, att jag bar mig så illa åt mot dig sist. Jag var för rädd att säga som det är. Att jag aldrig kommer att kunna glömma Sofie.

Strax efteråt kom också Vilhelm fram till henne. Han hade tydligen pratat med Yngve och fått reda på att han hade råkat skrämma slag på henne häromkvällen.

– Egentligen var det tvärtom! Jag hoppades att du inte ens skulle lägga märke till mig, jag hade bara så bråttom till min faster som just hade ramlat på köksgolvet.

De hade knappt hunnit hem igen när det knackade på dörren. Det var Fanny som fällde ihop sitt paraply och frågade om hon fick komma in.

– Ledsen att jag stör en sådan här dag. Men har du tid en stund?

– Kom in, vill du ha ett glas vin?

– Nej tack, jag kör och ska jobba i kväll. Jag ska bara säga att Patrik Womer är på Kanarieöarna. Han är ju för länge sen helt avskriven för dubbelmordet. Men vi tar Idas anmälan på allvar. Du kan vara helt lugn.

– Tack, det känns bra att veta.

– Men det var en sak till. Eftersom du redan är så inblandad kan jag berätta att jag fick ett särskilt utlåtande från NFC igår …

– NFC?

– Nationellt forensiskt centrum, polisens kriminaltekniska expertis. Jag ställde några nya frågor till dem redan för ett par veckor sen, utifrån det vi visste då, och deras analys stöder Kristinas erkännande i minsta detalj. Mer kan jag inte säga.

På väg ut genom dörren hejdade sig Fanny:

– Jo förresten, en sak till: Du gjorde en fantastisk insats i torsdags.

62

—Alice titta! ropade Wilma.

Det var skördefest på Hamnplan. Näst sista söndagen i augusti, dagen då alla hemmaodlare på Svartskär kunde bjuda ut sina grönsaker och blommor till både öbor och tillfälliga besökare. Wilma hade insisterat på att hon och Alice skulle ha ett eget stånd och Alice, som aldrig ens haft en tanke på att delta själv, hade sagt ja direkt.

Nu stod de bakom sitt lilla bord med kryddväxter, snittblommor, potatis och morötter och hade fullt upp. Särskilt Svartskärsborna verkade väldigt intresserade av just deras grönsaker, noterade Alice ganska nöjt, även om hon undrade varför. Och Yngve hade precis kommit ner för att också få vara med en liten stund.

– Titta, Alice, ropade Wilma igen. Ett stort segelfartyg!

– Oj oj oj!

Det var en tremastad bark som dök upp bakom udden. För fulla segel.

– Den är tysk, sa Wilma bestämt. Det är tyska flaggan den har i aktern.

– Tur att du sa till, Wilma, sa Alice, den där synen hade jag inte velat missa. Och nu börjar de ju bärga en del av seglen.

– Varför det? Ska de komma in hit?

– Nej, det tror jag inte. Det är nog bara för att de ska segla inomskärs. När de ska manövrera sig fram mellan öarna i lite kring-

231

elikrokar, då blir det ju svårt att göra rätt med så många segel på en gång.

Nu hade alla på hela Hamnplan upptäckt segelfartyget. Men Alice såg också att hon inte var ensam om att glädja sig åt Wilmas sätt att vända sig till just henne. Det var åtminstone en kund som också hade noterat att det var Alices uppmärksamhet, inte Yngves, Wilma hade velat ha. Mary Matsson stod i kön och sken som en sol.

– God dag, jag undrar om ni har några fina morötter idag? frågade nästa kund och och bugade lätt för Wilma samtidigt som han lyfte på sin panamahatt med en stor svepande armrörelse.

– Erik! sa Wilma och skrattade högt. Larva dig inte.

– Kan du slita dig ett par minuter?

Det var Fanny Berntson, civilklädd. Hon hade stått och köat ganska länge men uppenbarligen bara för att få prata lite med Alice,

– Är det okej Wilma, om du får stå här själv ett tag?

Wilma höll på att ta betalt för en bukett kryddväxter men nickade.

Fanny och Alice gick ut på den närmaste bryggan för att komma utom hörhåll.

– Det är ju häktningsförhandlingar i morgon. Och jag vill veta allt som är möjligt att få reda på. Som du vet räcker det inte med att Kristina har erkänt allt. Under förhören händer det gång på gång att hon sluter sig helt och hållet, och vägrar säga ett ord.

– Nja, ni vet förstås vem som var pappa till Sofies barn?

– Ja. Det har vi vetat länge. Topsningen gav klart besked om den saken.

Alice berättade om sitt bluffsamtal med ögonkliniken och hur hon insett att Kristina saknade alibi.

– Du är inte klok, utbrast Fanny. Men jättebra! Men varför var Kristina så rädd att just David skulle avslöja henne? Vad sa hon till dig?

– Simon hade ju berättat om Sofie och barnet för David, svarade

Alice. Både du och jag var faktiskt där då, Fanny, det var på midsommarafton, vid ringdansen. Kristina råkade höra deras samtal … och det räckte tydligen. Jag minns själv att Simon och David satt och såg väldigt allvarliga ut och att Kristina plötsligt fick bråttom hem ungefär då.

– Alice, du är en stjärna. Om det kan vara till någon tröst.

63

Nästan fyra månader senare, den 14 december

IDAG SKULLE ÅKLAGAREN väcka åtal mot Kristina. För båda morden. Åklagarmyndigheten och polisen hade bjudit in till presskonferens klockan 14:00 i tingshuset i Uddevalla. Den skulle sändas direkt på nätet.

Ända sen Kristina blev häktad i slutet av augusti hade Alice försökt låta bli att ägna själva polisutredningen en enda tanke. Det hade gått hyfsat, ingenting hade heller läckt ut. Men sorgen och saknaden efter Sofie och David hade inte blivit mindre, hon blev ständigt påmind om hur tomt det var efter dem. Och hon kunde inte heller sluta grubbla över gåtan: hur den annars så kloka och sansade Kristina så medvetet hade kunnat planera och begå två mord. Alice hade haft många och långa samtal med Yngve, Simon och Johanna, med Bertil och Malou, Ebba och Erik. Sorgen kändes fortfarande lika omöjlig att någonsin komma över. Och det ofattbara lika omöjligt att förstå.

Men idag skulle man i alla fall få veta mer om hur det hade gått till. Yngve var ute på sjön och Alice satt ensam vid sin dator.

Stefan Markström och Fanny Berndtson, båda i uniform, och Madeleine Mendez kom in tillsammans och slog sig ner vid bordet där mediernas mikrofoner stod uppställda i en tät rad. Madeleine Mendez började med att berätta att den misstänkta hade erkänt båda morden och också – *mycket trovärdigt,* underströk åklagaren – redogjort för såväl sina motiv som hur hon gått tillväga för att i tur och ordning ta sina båda vänners liv.

Den misstänkta hade själv tillverkat dödliga doser av botulinumtoxin genom att göra ett koncentrat av en injektionsvätska som innehåller det extremt farliga giftet och som bland annat används vid behandling av ögonsjukdomar.

Först beskrev Mendez mordet på Sofie Dorsén:

– … alla tre, den misstänkta, hennes man och Sofie Dorsén, sitter och pratar nere i båtens kajuta. I ett obevakat ögonblick häller den misstänkta ett par centiliter av koncentratet i Sofies glas. En knapp halvtimme senare far hon därifrån tillsammans med sin man. Men hon kommer tillbaka senare på kvällen – ensam – och kan då konstatera att Sofie Dorsén är död. Hon släpar upp kroppen på däck och lastar in den i sin bil. Därefter går hon ombord igen, hissar båtens segel och låter den driva iväg, enligt hennes egna uppgifter "för att folk skulle tro att det var en drunkningsolycka ute till sjöss". För att ytterligare stärka den bilden och inte riskera att kroppen skulle hittas vid bryggan i Långsund kör hon sen till en sällan använd liten stenkaj längre norrut. Och där dumpar hon kroppen i vattnet.

Mendez som läste innantill – ganska entonigt och utan att titta upp – gjorde en kort paus innan hon fortsatte:

– Mordet på David Adelkrans går till på liknande sätt. På midsommardagens kväll häller den misstänkta samma sorts koncentrat av medlet med botulinumtoxin i hans vinglas, dock med en något mindre dos. Han avlider på sjukhus tre dagar senare.

Alice ryste till.

Stefan Markström berättade om de kriminaltekniska undersökningar som gjorts och uppehöll sig särskilt länge vid de "knappt synliga" spåren av nitarna i den dödas jeans på båtens lejdare. Fanny fyllde på med att berätta om topsningen och såg sen rakt in i kameran för att tacka allmänheten, "enskilda människor som kommit med tips som har varit avgörande för den här utredningen".

Till sist, innan reportrarna fick ställa sina frågor, avrundade åklagaren med ett kort meddelande: Huvudförhandling i målet inleds tisdagen den 21 december.

Alice gick och hämtade en ylletröja, hon frös så hon skakade. Satte på tevatten. Tittade ut över vattnet i hopp om att få se Yngves båt komma runt udden. Och upptäckte att årets första snö långsamt började falla.